SHORT CLASSICS
短经典精选

BURNING BRIGHT
—————— Ron Rash ——————

# 炽焰燃烧

〔美〕罗恩·拉什 著　姚人杰 译

人民文学出版社
PEOPLE'S LITERATURE PUBLISHING HOUSE

著作权合同登记号　图字 01-2022-6631

Ron Rash
BURNING BRIGHT

Copyright © 2010 by Ron Rash
Published by arrangement with Elyse Cheney Literary Associates LLC,
through The Grayhawk Agency Ltd.
Simplified Chinese edition copyright © 2023 by Shanghai 99 Readers' Culture Co., Ltd.
All rights reserved.

**图书在版编目(CIP)数据**

炽焰燃烧/(美)罗恩·拉什著；姚人杰译.—北京：人民文学出版社，2023(2023.6 重印)
（短经典精选）
ISBN 978-7-02-017740-0

Ⅰ.①炽… Ⅱ.①罗… ②姚… Ⅲ.①短篇小说-小说集-美国-现代　Ⅳ.①I712.45

中国国家版本馆 CIP 数据核字(2023)第 010919 号

| 总 策 划 | 黄育海 |
| --- | --- |
| 责任编辑 | 卜艳冰　骆玉龙 |
| 出版发行 | 人民文学出版社 |
| 社　　址 | 北京市朝内大街 166 号 |
| 邮政编码 | 100705 |
| 印　　刷 | 凸版艺彩(东莞)印刷有限公司 |
| 经　　销 | 全国新华书店等 |
| 开　　本 | 890 毫米×1240 毫米　1/32 |
| 印　　张 | 6.5 |
| 字　　数 | 121 千字 |
| 版　　次 | 2011 年 10 月北京第 1 版 |
| 印　　次 | 2023 年 6 月第 3 次印刷 |
| 书　　号 | 978-7-02-017740-0 |
| 定　　价 | 65.00 元 |

如有印装质量问题，请与本社图书销售中心调换。电话：010-65233595

**SHORT CLASSICS**
短经典精选

# 目 录

I

003 | 艰难时世
019 | 荒野之地
043 | 盗墓贼
073 | 上山路
087 | 信仰美洲豹的女人
103 | 炽焰燃烧

II

123 | 回家
129 | 进入峡谷
147 | 坠落的流星
158 | 报丧鸟
173 | 等待世界末日
185 | 林肯支持者

献给

苏·霍尔德·拉什

I

## 艰难时世

雅各布站在牛舍门口，看着埃德娜从鸡舍里走出来。她嘴唇紧抿，看来鸡蛋又少了几个。雅各布抬头眺望山脊最高点，估测现在是早上八点钟。换了在布恩，此刻早已是清晨时分了，可在这儿，仍然光线暗淡，露水沾湿了他脚上的短靴。雅各布的老爸过去总说，这个山坳黑得一塌糊涂，非得拿根撬棍打碎点光亮进来不可。

埃德娜冲着手里的鸡蛋桶点了点脑袋。

"矮脚鸡下面一只蛋都没有，"埃德娜说，"都连续四天这样了。"

"兴许是那只老公鸡重新黏上它了。"雅各布说道。他等着妻子露出笑容。好多年前，他俩刚开始谈情说爱时，埃德娜的迷人微笑曾经最让他神魂颠倒。她微笑时，整个脸蛋变得灿烂迷人，嘴唇向上扬起时，仿佛有一波光束从嘴角一直传递到额头。

"你就继续开玩笑吧，"埃德娜回答说，"可咱们靠卖鸡蛋换得一点儿现金很紧要。也许关系到你有没有五分钱来浪费在一份报纸上。"

"可有许多人比咱们还穷呐,"雅各布说,"你只要看看山坳,就晓得这句话是真是假。"

"咱们仍旧可能会落得像哈特利一样。"埃德娜回嘴道。她的视线越过雅各布,落到道路尽头,也就是伐木厂运送圆木留下的土路开始的地方。"大概是他养的癞皮狗偷走了咱家的鸡蛋。那条狗的模样看上去就像个偷吃鸡蛋的主,总是鬼鬼祟祟地在这一带游荡。"

"你也不能肯定。我仍旧觉得,若是狗偷吃鸡蛋的话,会在鸡窝里的稻草上留下些蛋液。我从没见过哪条狗吃鸡蛋不滴下蛋液的。"

"还有哪种畜生能一次吃掉几个鸡蛋?你自己讲的,要是狐狸或黄鼠狼,它们会把小鸡也吃掉。"

"我会去察看一下。"雅各布说道。他知道埃德娜会为鸡蛋不翼而飞的事苦恼上一整天。他也知道,假如下个月每只母鸡每晚都能下三只蛋,那么就没什么大碍了。可埃德娜依然会把鸡蛋失窃想成一笔永远填不上的欠账。雅各布试图让自己变得大度一些,记得埃德娜并不总是这样斤斤计较。是在银行夺去家里的卡车和大多数牲口后,她才变成如今这个模样。他们没像别人那样倾家荡产,但损失也不小。听到汽车从泥路驶近的声音,埃德娜总会露出恐惧的表情，仿佛银行派来的人和治安官又要过来夺走他们家剩余的财产。

埃德娜提着那桶鸡蛋，去了储藏室，雅各布穿过庭院，进了混凝土建造的鸡舍里。鸡粪的味道让空气变得凝重。尽管公鸡早已踱步到鸡舍外，母鸡们仍然在当鸡窝用的一个个盒子里咯咯地叫唤。雅各布抱起矮脚鸡，把它放到地上。鸡窝里的稻草上，见不到蛋壳碎片，也不见蛋白蛋黄的残液。

雅各布心里明白，这可能是一个长两条腿的窃贼干的，可尽管时世艰难，他也从没听说戈申山坳里的哪个居民会偷东西，尤其是哈特利，山坳里最穷的那个。此外，鸡舍里放着两打多鸡蛋，谁会仅仅偷去两三个呢？何况，矮脚鸡下的蛋，比起罗德岛红鸡和来航鸡的蛋都要来得小。雅各布这时听见根西奶牛在牛舍里不断地哞哞叫。他知道奶牛一定早站在挤奶凳旁等他了。

雅各布走出鸡舍的时候，见到哈特利一家从土路上走下来。他们全家人每周会去布恩两次，每次得走上两英里①路，就连他家的小孩也要去，每个人都拿着重重的银禾叶。雅各布注视着哈特利一家人走到大路上，灰色的尘土从他们的赤足上升腾起来。哈特利拿着四麻袋银禾叶，他老婆拿了两袋，他家的小孩拿了一袋。哈特利

---

① 一英里约合 1.6 千米。

一家瘦骨嶙峋的骨架上，挂着褴褛的衣衫，他们看起来就像是随身携带了全部家当、要转场到另一块麦地的稻草人。他家的狗跟在后面，和它所追随的主人一样身形憔悴。银禾叶是哈特利所能采集到的最像庄稼的一样东西，因为他家的土地全都是乱石岗和坡地。巴斯科姆贝·林赛曾说过，在哈特利的土地上你连根铁钉都种不了。原本，只要锯木厂一直经营着，生计便不是大问题，可当锯木厂关门歇业后，哈特利家只能靠一头背部下陷的老迈奶牛来维持生计，除此之外，只剩下银禾叶了，用它可以在马斯特的杂货店换得几毛钱的杂货。雅各布从他买的星期日报纸上知道，到处都是经济大萧条。纽约的富人们丧失了所有的财产，从高楼上跃下自杀。有些人攀在火车的货厢顶上，从一个城镇去往下一个城镇，祈求能得到一份工作。可是，很难相信竟然有人会比哈特利和他一家人还要穷。

哈特利瞅见雅各布后，点了点头，但并没放慢脚步。他俩算不上是朋友，也不算是敌人，只是邻居关系而已，而这也只是因为雅各布和埃德娜是整个山坳里住得离哈特利最近的一家，虽然这儿的"最近"也有整整半英里路。哈特利八年前从斯温县迁居此地，在锯木厂做活。哈特利的女儿那时还是个女娃娃，他老婆当年看上去比如今走在女儿身旁这个干瘪的老太婆年轻几十岁。哈特利一家本来会这样不声不响地走过去，然而，埃德娜突然走到了门廊上。

"你们家的狗，"她对哈特利说道，"是不是爱偷鸡蛋啊？"埃德娜也许并不想用责问的语气说话,但这番话听上去就是气势汹汹。

哈特利止住脚步,转过身,对着门廊。换作另一个人,肯定会把手中沉重的麻袋放下,可哈特利并没有那么做。他依旧拎着袋子,仿佛是在掂量轻重。

"你为啥问我这个?"他说道。从哈特利说话的语气里,你既听不出生气,也听不出辩护的味道。这不由得让雅各布想到,这个男人甚至连嗓音都被磨得平淡无奇,没剩下一点儿棱角了。

"有东西潜入我家的鸡舍,偷走了一些鸡蛋,"埃德娜说,"只偷走鸡蛋,所以肯定不是狐狸或黄鼠狼干的。"

"所以你怀疑是我家的狗干的。"

埃德娜没有出声,哈特利放下了手中的麻袋,从工装裤里摸出一把折刀,又轻轻地叫来自家的狗,后者听话地向哈特利走去。哈特利单膝跪下,左手捏住狗的后脖颈,同时用折刀刀刃抵住狗的喉咙。他的女儿和老婆静静地伫立一旁,面无表情,仿若面团一般。

"我不认为是你家的狗偷走鸡蛋的。"雅各布说。

"可你也并不是百分之百确信。还是有那种可能。"哈特利一边说,一边用食指抚摸爱狗的头颅,狗随之抬起了脑袋。

雅各布还没来得及回话,刀刃就切开了狗的气管。狗没有大叫或咆哮,只是在哈特利的手里垂下脑袋,溅洒出的狗血染红了道路。

"你们现在就明确知道了。"哈特利边说边站起身。他捏住狗的后脖颈,走到大路另一边,把狗的尸体放在杂草丛里。"今晚回家的时候,我会把它带走。"哈特利说完便拎起了麻袋,又开始向前走,他老婆和女儿跟在身后。

"你为什么一定要对他说这些。"一等哈特利一家消失在大路上,雅各布就责怪起妻子来。他的视线落在杂草丛里那块苍蝇和黄蜂开始聚集的地方。

"我咋知道他会做出这样的事?"埃德娜说。

"你晓得这个男人有多么高傲。"

雅各布让这句话在自己的脑海里回荡了一阵。今年一月份的时候,地上两英尺①厚的积雪把几乎所有的人都关在了家里,雅各布有次骑着马沿土路向哈特利家而去,马鞍上绑了一块腌猪肩肉。"很快咱们也会需要这块猪肩肉。"埃德娜当时发了牢骚,但雅各布依旧执意要去。他到了哈特利家的木屋后,发现他们全家人正围在木桌旁吃饭,面前的木碗里盛着浓稠的麦片粥,里面有少许的猪肥膘碎屑。炉火上挂着的牛奶桶里,也盛着同样的灰色麦片粥。雅各布把那块猪肩肉放到桌上。这块腌肉散发出一股浓郁的烟熏味,哈特利的老婆和女儿竭尽全力,才没让口水直接流淌下来。"我没钱

---

① 一英尺约合 0.3 米。

买这块肉，"哈特利说道，"所以，如果你能拿这块肉离开，我会感激你的。"雅各布装作离开，但在关上木屋的房门后，把那块腌猪肉搁在了台阶上。第二天早晨，雅各布发现那块肉被重新搁回到自己家门口的台阶上。

雅各布的视线越过狗的尸体，越过马路，落到他从早干到晚的玉米田上。他今天还没锄过一下土，却已经感觉浑身疲乏，一直累到了骨头里。

"我没想让那条狗丧命，"埃德娜说，"那不是我的本意。"

"就像让乔尔和玛丽离开家、一辈子不再敲响咱家的门也不是你的本意，"雅各布回答说，"但事情确实发生了，是不是？"

说完话，雅各布转身向柴火棚走去，去拿他的锄头。

第二日早晨，哈特利家的狗已经无法在路旁逛荡，但失踪的鸡蛋数目却增加了。那天是星期六，所以雅各布骑着马去了布恩，此行不仅是为了去买报纸，更是为了和聚集在马斯特杂货店的老农夫们攀谈几句。骑在马上时，雅各布回忆起了六年前，乔尔将一碗燕麦粥摔在地上的情景。那是粗心的举动，但十二岁的孩子经常会干出粗心大意的事情。这是孩子成长的一部分。埃德娜却逼乔尔用勺子吃光了洒落在地板上的燕麦粥。"别这么做。"玛丽对弟弟讲道，乔尔依旧做了，可从头到尾都挂着眼泪。玛丽当时十六岁，两周后她便离家出走了。"我永远不会回来,即使是探访也不会。"她在厨房餐桌上留下的纸条上这么写道。玛丽果真说到做到。

雅各布骑马进入布恩时,看见被储贷社从他手上收走的那辆卡车停放在法院外。雅各布以前用这辆卡车拉送庄稼到镇上,再拉回盐块、化肥和带刺铁丝。但他猜想,没有哪位农夫负担得起从拍卖会上买下这辆卡车的花费。也许哪个开店的老板,或者县政府的雇员会买吧,雅各布猜想,那两类人用的仍旧是装钞票的大皮夹,而不像他,改用了零钱包。 现在,他把马系在拴马柱上后,从零钱包里掏出了一枚五分硬币。雅各布走进杂货店,冲着那些老农夫点头致意,随后把五分硬币放在了柜台上。埃尔温·马斯特递给他最后一份星期日的《罗利①新闻报》。

"有我们家的信吗?"雅各布问道。

"没有,这周一封信也没有。"埃尔温说,他本来还可以添上一句:"上个月或去年也没有。"乔尔在海军里,驻扎在太平洋上的某个地方。玛丽和她丈夫以及孩子居住在海伍德县的一家农场里,离这儿有六十英里路,但就雅各布和埃德娜与她联络的次数来看,玛丽就像是住在加利福尼亚。

雅各布买好报纸,依旧留在柜台旁。他讲起鸡蛋失踪的事,老

---

① 北卡罗来纳州首府。其他一些小地名不加注。

农夫都停下了对话。

"你确信不是狗偷吃了鸡蛋?"斯特林·沃茨问道。

"我确信不是。稻草上没见到一丁点儿蛋壳或蛋液。"

"老鼠也会偷吃鸡蛋。"埃尔温从柜台后提供了他的意见。

"那样也会留下一点儿残迹。"巴斯科姆贝·林赛说。

"只可能是一样东西了。"斯特林·沃茨一锤定音地说道。

"是什么?"雅各布问。

"一条大黄鼠蛇。黄鼠蛇一次能吞下整整两三个鸡蛋,不会留下一丁点儿蛋液。"

"我也听说过,"巴斯科姆贝赞同道,"虽然从没亲眼见过,但我确实听说过。"

"曾经有一条黄鼠蛇爬进我家的鸡舍,"斯特林说,"我花了将近一个月时间,才搞明白该怎样抓住那条该死的蛇。"

"你用的是什么办法?"雅各布问。

"用捕鱼的法子。"斯特林说。


那天晚上,雅各布在他家的玉米田里一直锄地到天黑。吃过晚饭,他便进了柴火棚,找到一枚鱼钩。雅各布在鱼钩上系了三码[①]

---

[①] 一码约合 0.9 米。

长的钓鱼线,拿着它进入鸡舍。矮脚鸡身子下面已有一枚蛋。雅各布拿起鸡蛋,用鱼钩上的倒刺在上面钻了一个细洞,缓缓地把整个鱼钩放入鸡蛋里,接着把细线系在鸡窝盒后面的一根铁钉头上。线有三码长。沃特森说过,那样蛇将整枚鸡蛋吞入肚内后,钓鱼线才会绷紧,让鱼钩发挥效用。

"我可不愿在鸡舍里一直守到明早,却连半条蛇的影子都没有发现。"当雅各布告诉埃德娜自己的方案时,她这样说道。埃德娜坐在椅背为梯形的摇椅上,腿上放着一条棉被。埃德娜怀上乔尔时,雅各布为她做了这张摇椅,为的是让她坐得舒服些。木料是樱桃木,不是做家具的常用材料,因为他想让这把椅子看上去漂漂亮亮的。

"我会一个人干的。"雅各布说。

雅各布看着埃德娜做针线活,埃德娜用蓝色的丝线把熊爪图案的被面缝合处补好。埃德娜从拂晓时就在做这活,到现在都没停下。雅各布在餐桌旁坐下,翻开报纸。头版上,罗斯福说经济会好转,可报纸的其余地方都印着相反的论调。一家纺织厂的罢工工人遭到枪杀。那些想去外地找工作的人,躲藏在火车的货车车厢里想搭便车,竟因此而获罪,被警察和铁路部门雇用来的地痞流氓用木棍狠打。

"你今天早上说什么我赶跑了乔尔和玛丽,"埃德娜说话的同时,手里的缝衣针一刻都没停,"你说这话真是没良心。那两个孩子从来都没挨过一天的饿。衣服都补得妥妥当当,也都有鞋子和皮大衣穿。"

雅各布心里明白,自己不应该再做纠缠,可哈特利用刀子割开猎狗气管的画面一直停留在他的脑海里。

"你本可以更加宽容地对待他们。"

"这个世界是个残酷的地方,"埃德娜答道,"乔尔和玛丽需要了解这一点。"

"他们很快就能自己了解到。"雅各布说。

"他们需要做好准备,而我正是在为他们做准备。他们并没有生活在流浪者的营地里,也没像哈特利一家人那样穷得一无所有。要是他俩不能为此而感谢我,那么我现在也无能为力。"

"世道很快就会好转,"雅各布说,"大萧条不可能永远持续下去,但你对待他俩的方式的影响一直都在。"

"经济不景气已经九年了,"埃德娜说,"我没看见好转的征兆。咱们的玉米和卷心菜卖出去的价格还是老样子。咱们也仍然只能维持过去一半的生活水准。"

她扭过头,继续缝合被面,两人再也没说一句话。半晌后,埃德娜放下手中的被面,睡觉去了。雅各布不久也爬上了床。当雅各布睡到她身边时,埃德娜绷紧了身子。

"我不愿两个人争吵个没完没了。"雅各布边说边将手放在她的肩膀上。埃德娜被雅各布的手触摸到,缩回了身体,两个人分得更开了。

"你认为我心里没感情,"埃德娜说道,她转过了脸庞,其实是在对着墙壁说话,"我为人吝啬,坏心肠。可要是我不这样,也许咱俩会一点儿家产都不剩。"

雅各布尽管倍感疲惫,可还是睡不着觉。他最后睡着时,梦见一些男人攀附在货车车厢上,其他男人拿着棍子殴打他们。被打的一方穿着沾满泥巴的短靴和工装裤,他知道,那些人不是遭到解雇的工厂工人或挖煤的矿工,而是和他一模一样的农夫。

雅各布在黑暗中惊醒过来。窗户敞开着,在重新坠入梦乡前,雅各布听到了鸡舍里传出的异响。他套上工装裤,穿上皮靴,走到门廊下,点起提灯。天空中群星闪耀,月牙尖朝上,照着大地,可是没有窗户的鸡舍里仍然一片漆黑。一个想法突然掠过雅各布的脑际,要是说黄鼠蛇可以吞下整个鸡蛋,那么铜头蛇或缎背蛇同样也可以,他想要看清自己的脚踩在什么地方。于是,他又走进柴火棚,拿出一把锄头,准备杀蛇用。

雅各布跨过鸡舍门口充作台阶用的圆木,径直走了进去。他把提灯拎到前方,检查鸡窝。矮脚鸡还在里面,但它身底下的鸡蛋已经不翼而飞。雅各布花费了好一会儿,才找到那根钓鱼线,细线像蜘蛛网上的一缕蛛丝,通向鸡舍的一个角落。雅各布手里拿好锄头,上前一步。他把提灯举在身前,随后便看见哈特利的女儿畏缩在角落,钓鱼线的另一头消失在她合拢的嘴巴里。

雅各布跪在她面前,小姑娘没有试图说话。雅各布放下锄头和提灯,取出折叠小刀,然后在距离小姑娘的嘴唇还有几英寸的地方,割断了钓鱼线。之后的几分钟内,他什么都没做。

"让我瞧瞧。"雅各布说。小姑娘没有张开嘴,可这并没有阻止他用手指拨开她的嘴巴。发现鱼钩的倒刺深陷在小姑娘腮帮子的肉里,雅各布立马松了口气。他担心倒刺会钩进她的舌头,或发生更糟糕的情况,卡在喉咙深处。

"我们必须把鱼钩弄出来。"雅各布告诉小姑娘,她依旧一声不吭。她的眼眸并没有因为害怕而睁大,雅各布揣测,她也许是被吓傻了。鱼钩的倒刺陷入太深,很难挪动出来。他最好用力推鱼钩,把它从皮肤里推出来。

"这会有点儿疼,但只是一眨眼的事儿。"雅各布安慰道,同时用食指和大拇指抓住鱼钩弯曲的部位。他把鱼钩往皮肤外推,两根手指上很快便沾满了鲜血和唾液。哈特利的女儿呜咽起来。最终,倒钩终于被推了出来。雅各布又弯来折去地拉出鱼钩柄,把钓鱼线像缝衣完毕时那样从皮肤里拉出来。

"鱼钩弄出来了。"雅各布告诉小姑娘。

雅各布并没有急着站起身，而是思考下一步该做什么。他可以把她带回哈特利的木屋，解释所发生的事情，但他记得那条狗的命运。他望着小姑娘的脸颊，没有明显的伤痕，只留下一个细孔，出血量不会多于被荆棘刺伤的情况。他端详起鱼钩，检查有没有生锈的迹象。看上去没有，那么，他至少不用担心小姑娘患上破伤风，但伤口依然有可能感染。

"待在这儿。"雅各布说道，然后去了柴火棚。他找到瓶松节油，回到鸡舍。他掏出手绢，用松节油浸湿，接着掰开小姑娘的嘴巴，轻轻擦拭里面的伤口，随后又擦拭了脸颊上的伤口。

"好了。"雅各布说道。他把双手抻到小姑娘的胳肢窝下。小姑娘体重极轻，他像抱个玩具娃娃似的扶起了她。小女孩这时站在雅各布面前，他第一次发觉，她的右手拿着不知什么东西。雅各布拿起提灯，看见小姑娘手里拿的是个鸡蛋，一个完好无损的鸡蛋。雅各布冲着鸡蛋点了点头。

"你没把鸡蛋带回家过吧，"他说，"你总是在这儿就吃掉了鸡蛋，对吧？"

小姑娘点点头。

"那就赶紧吃了它，"雅各布说，"可你以后不能再到这里来了。假如你再回来，你爸就会知道这件事。你明白吗？"

"明白。"小姑娘低声说道，这是她头一次开口讲话。

"那就吃吧。"

小姑娘把鸡蛋拿到嘴边。她张开嘴巴时,一缕鲜血流淌到下巴上。随着她的牙齿咬下去,鸡蛋壳发出碎裂声。

"现在回家去吧,"等小姑娘吞下了最后一点鸡蛋壳后,雅各布说道,"别再回来了。我会再放一个鱼钩到鸡蛋里,这一次鱼钩上不会再系着钓鱼线。你会吞下那个鱼钩,钩子就会撕开你的肠子。"

雅各布目视着小姑娘沿着土路离开,直到夜色将她完全包裹,随后雅各布坐在劈柴火时当作垫块用的树桩上。他吹灭了提灯的火苗,等待起来,虽然他也说不清自己到底在等待什么。不久,月亮和星辰的光芒变得黯淡。东方的天空里,黑暗中透出一丝光亮,颜色像是紫色的玻璃。玉米秸秆和叶片的轮廓此时已经清晰可见,玉米秆竖立在土地上,仿若一条条穿着破烂衣衫的胳膊。

雅各布拿起提灯和松节油瓶,向柴火棚走去,然后回到屋内。他走进卧室时,埃德娜正在穿衣服,背对着雅各布。

"是条蛇。"雅各布说。

埃德娜突然停止了穿衣,转过身。她的头发垂在肩上,脸不像白日里那般冷酷,雅各布瞥见了二十年前他俩结婚时那个年轻而温柔的女人的影子。

"你把蛇杀了?"她问道。

"是的。"

埃德娜抿紧了嘴唇。

"我希望你没把蛇的尸体扔在鸡舍旁。我可不想在收鸡蛋时闻到那东西腐烂的气味。"

"我把它扔到路对面了。"

雅各布爬进了被窝。羽绒床垫上依旧留着埃德娜睡过的痕迹和残余的体温。

"我过几分钟再起床。"他告诉埃德娜。

雅各布合上眼睛,却并未真正入睡。相反,他幻想起了一个个城镇,饥饿的人们攀附在火车车厢上,寻找一份不可能找到的工作;居住在小木屋里的家庭,甚至连一头背部下陷的老奶牛都没有。他幻想起城市,在高耸如山岭的大楼下,鲜血染红了人行道。他试图幻想一个比他所在的地方更糟糕的地方。

## 荒野之地

那天早上,帕森开车去店里的时候,天色铅灰。雪花落在皮卡车的挡风玻璃上,流连片刻后才融化。气象预报员提醒说,今晚会有大雪,看来果然如此,万籁俱寂,一切都在静静地等待。海拔更高的山区里,降雪甚至更大,足以让许多道路无法通行。今天会是赚钱的日子,因为帕森知道,那些瘾君子在扫清镇里货架上的所有感冒药之前,肯定会到当铺来跟他做买卖。他们会从县里的每个隐蔽巢穴(因为墙壁和窗户掩盖不了冰毒的气味)出来,首先去沃尔玛超市,那儿的东西价格最便宜,随后是雷氏药店,最后是镇里的三家便利商店。

帕森把吉普皮卡车停进空心煤渣砖修建的房子前的停车场,房门上方挂着"帕森典当"的牌子。上周有个瘾君子拿了一块移动式电子标牌来卖,标牌就放在卡车车斗里,还有一个装满了红色塑料字母的垃圾桶,那些字母是要贴在标牌上的。瘾君子告诉帕森,这块标牌保证能让潜在的顾客都注意到这家典当铺。你不是很轻松就找到我了吗？帕森当时是这么回答的。他的手表显示现在是八点四十分，而窗户的牌子上写着，周二到周六的营业时间是从早上九点到晚上六点，但一辆起码有十年历史的灰色福特护卫者轿车早已停在典当铺门前。车的后挡风玻璃坏了，裂痕像蜘蛛网一样向外延伸。加油口塞着破布。一个女人坐在驾驶位上。她可能已经等了十分钟或十个小时。

帕森从皮卡车上下来，打开店门，关掉警报器。他打开电灯，绕到柜台后面，将一把加了子弹的史密斯-韦森左轮手枪放到收款机下面的架子上。挂在窗棂上的铜铃叮当响起。

女人在门口等待，她的怀里抱着一套木质奶油搅拌器。你不得不佩服这些来典当的人，他们的想象力一个比一个丰富。上周是电子标牌和假牙，再前一周是四个自行车轮胎和一张按摩床。帕森点头示意女人进来。她把那套搅拌器放到柜台上。

"这是件古董，"女人说，"我在电视上看到过一套类似的搅拌器，说是值一百美元呢。"

女人说话时，帕森瞥见她嘴巴里面残余的棕色痕迹。他此刻能清楚地看到女人的脸庞：凹陷的脸颊与眼窝，苍白的肌肤上有不少皱纹。他能看见骨头的位置，那些骨头好像不耐烦，想要从脸颊和下巴里戳出来。女人的眼睛很有光泽，但不停地转动，安静不下来，似乎急需什么。

"那么你最好找到说那句话的人，"帕森说，"那样的蠢蛋可不常出现。"

"是我曾祖母传下来的，"女人边说边指着搅拌棍，"所以这东西差不多有七十五年历史了，"她停顿了一下，"我觉得可以卖五十块钱。"

帕森审视了一番搅拌棍，拎起搅拌桶，同样检查了一番。阿什维尔的古董商也许可以给出一百块的价钱。

"二十块。"帕森说。

"电视上的那个人说……"

"你已经说过了，"帕森打断了女人，"二十美元是我会出的价钱。"

女人看了一下搅拌棍，接着看向帕森。

"好吧。"她说道。

女人接过钞票，放进牛仔裤口袋。她却并未离去。

"还有什么事？"帕森问道。

女人犹豫了一下，接着抬起手，取下自己的高中毕业纪念戒指，递给帕森。帕森查看了一番，戒指上刻着"二〇〇〇届毕业班纪念"。

"十块。"他一边说，一边把戒指放到玻璃柜台靠近女人的那一侧。

女人这回根本就没想抬价，而是径直把戒指推向玻璃柜台的另一侧,仿佛它是桌面游戏里的一枚棋子。她的手指抚摸了戒指一阵,然后停下,伸出手掌。

到中午时,帕森已经接待了二十个顾客,差不多都是瘾君子。帕森无需看他们的样子,就知道他们的身份。瘾君子的气味伴随着他们进门,弥散在他们的头发和衣服里,是一股像猫尿的酸酸的氨水味。此刻雪不停地下着,他的生意渐渐冷清,甚至连瘾君子的急切需求都要在天气面前服输。帕森在后室里快要吃完午饭,门口的铜铃再次响起。他走了出来,看到治安官霍金斯等候在柜台前。

"老霍,他们这回偷了什么?"帕森问道。

"就不许我来顺道看看自己的高中老友啦?"

帕森把双手放在柜台上。

"行啊,但我感觉事儿不是这样的。"

"确实不是,"霍金斯苦笑道,"如今生活不易,都没有多少机会拜访一下亲友。"

"生活不易,"帕森说,"但生意挺好,不单是我的行当,还包括你的呢。"

"我猜,这也算看世事的一种方式吧,尽管对我来说,近来生意有点儿太好了。"

霍金斯迅速记下了典当铺角落里放着的自行车、割草机和链锯的清单，接着，他再次巡视了一圈铺子，这回更有目的性一些，还检查了柜台后面。治安官的棕色眼睛落在地板上，在一堆需要贴标签的东西中，有一把霰弹枪。

"这把点四一〇霰弹枪也许就是我要找的东西，"治安官说，"枪是谁拿来的？"

"丹尼。"

帕森什么话也没说，径直把枪递给治安官。

霍金斯拿起霰弹枪，端详了一下枪托。

"帕森，我的视力不像以前那样好了，但我敢说，枪托上刻的首字母缩写是 SJ，不是 DP①。"

"这把霰弹枪是斯蒂夫·杰克逊的？"

"是的，先生，"治安官答道，把霰弹枪放回到柜台上，"丹尼昨天从斯蒂夫的卡车里偷了这把枪。至少，斯蒂夫是这么说的。"

"我没注意到首字母缩写，"帕森说，"还以为这把枪来自农场。"

霍金斯从柜台上拿起霰弹枪，单手举着，仔细审视。他微微地改变了握枪姿态，用拇指抚摸油漆过的木枪托。

"我想我可以说服斯蒂夫，让他放弃指控。"

---

① SJ 指的是 Steve Jackson（斯蒂夫·杰克逊），DP 中的 D 指的是 Danny（丹尼），丹尼的姓 P 无法确定。

"别把这当作是在向我施恩,"帕森说,"如果他老爸不在乎儿子做贼,我为什么要在乎?"

"你怎么知道雷不在乎?"霍金斯问道。

"因为丹尼几个月来一直从农场拿出东西到我这儿来卖。雷知道这些东西到哪儿去了。三个月前,我打电话给他,亲自告诉他这件事。雷说,他对此无能为力。"

"在我看来,你也没做什么嘛,"治安官说,"我是说,你从他手上买下了那些东西,对吧?"

"如果我不买,他就会开车去席尔瓦,在那儿把东西卖掉。"

帕森看了一眼窗外的雪地,停车场上只有他和霍金斯的两辆车。他琢磨是否有顾客因为警车停在这儿而决定不进来。

"你不如去逮捕丹尼,"帕森继续说,"这些吸冰毒的瘾君子你见得多了,你知道他们很快就会偷些别的东西。"

"我不知道他在吸冰毒。"霍金斯说。

帕森答道:"你的工作就是查这类事情,对吧?"

"瘾君子太多,很难一个个跟进。冰毒又不像其他毒品。就连可卡因和霹雳可卡因也比不上,至少那些毒品既昂贵又很难获得。可冰毒这玩意,搞到手太容易了,"治安官望向窗外,"这场雪要下一整天,我最好还是先走了。"

"这么说,你不打算逮捕丹尼?"

"不打算，"霍金说，"还没轮到他。有两打人排在他前面。但你能帮我一个忙，给丹尼打一个电话，告诉他，这次是他唯一的机会，下一次我会把他送进大牢，"霍金斯抿紧了嘴唇，仿佛是在沉思，"嘿，他没准会相信这个说法。"

"我会告诉他的，"帕森说，"但我会当面跟他讲。"

帕森踱步到窗边，注视着治安官的警车退回到两车道马路上，驶向镇子里的主干道。此刻，积雪附着到沥青马路上，吉普车披上一身白装。昨天，他注视着丹尼驾车离去，卡车的后挡泥板被放了下来，车斗里空空如也。帕森早就知道，丹尼在开车离开小镇时，车斗通常是空的，没有装得满满的购物袋，也不见汽油桶，因为他生活在一个吃什么东西、穿什么衣服已经不再重要的世界里。唯一重要的是，卡车消失在层峦叠嶂的高山中、向着栗子凹而去时，副驾驶座上有红白色包装的速达菲①。帕森的父亲把栗子凹称作"荒野之地"，帕森和雷就是在那儿长大成人的。

帕森把手枪放进外衣口袋，把典当铺的招牌从"营业"变成"休息"。车一驶到路上，帕森就发现今天的雪很干，呈粉状，这让驾车比较容易。他一路向西驶去，没有打开广播。

除了从军服役的两年，雷的一辈子都是在栗子凹度过的。他用

---

① 速达菲中含有伪麻黄碱成分，可用于制造甲基安非他命，即冰毒。

自己当兵时的收入买下一家农场，旁边的农场就是他长大成人的地方，不久后，雷就娶了玛莎。当他们的父母老得再也无法修补篱笆、喂养牲畜、种植和收获烟草时，雷和玛莎便接过重担。雷从未开口求帕森帮忙，也从未期望他帮忙，因为帕森住在二十英里外的镇上。至于帕森，当农场被按照遗嘱分给长子时，他一点儿都没怀恨在心。这是雷和玛莎应得的。那个时候，帕森就开了银行对面的这家典当铺，钱已经够用了。雷和玛莎卖掉了他们的房子，搬进老农舍，在那里养大了丹尼和他的三个姐姐。

车行驶到灌木山附近时，道路开始一个大转弯，帕森放慢了车速。道路不久便分岔，帕森选择了左面。又一个左转弯后，他驶上一条县级公路，路况很差，因为没有富裕的佛罗里达人在此置业。两旁没有道路护栏。他没有遇见其他车，因为只有为数不多的人住在栗子凹，曾经在栗子凹住过的人也是寥寥无几。

帕森把车停在雷的卡车旁边，钻出车，在农舍前伫立了片刻。他已经有差不多一年没回来过了，内心的感受应该不止是对侄子的满腔怒火，还应该有种乡愁。但帕森唤不起对故乡的一丝怀念，即使他有所怀念，又能怎样？在炎炎八月的烟草地里干得累死累活，大清早就给奶牛挤奶，冻得双手麻木——正是这些事令他当初离家远行。除了从烟囱口飘出的一缕轻烟，整个农场像是荒废了一样。没有牛群簇拥在一起抵御风雪，前厅或厨房里没有电视或广播的声音。帕森从未为离家感到后悔，尤其是在此刻，他的目光从锈迹斑斑的拖拉机和打捆机扫到七零八落、里面什么都没有的圈栏，再落在那栋破败的农舍上，接着转向牛舍和农舍之间的田地。

丹尼的那辆红白两色的破拖车停在草地里。帕森打算在和大哥和嫂子谈话前，先去和侄子交涉。他的脚踩在草地上，发出沙沙声。农舍和拖车之间的积雪上没有足印。帕森敲响了拖车单薄的铝门，见没人应声，便径直开门进去。拖车里没开着灯，他摁下开关，灯没有亮，他一点儿也不惊讶。他的眼睛慢慢地适应拖车里的黑暗，看见了一张牌桌，桌上放着麦片盒，一些打开了，一些没有。 桌上还有一壶半加仑①的牛奶，里面的牛奶被冻得结结实实。拖车房间的破窗解释了原因。两只粘着干麦片的碗也躺在桌上。两只调羹。帕森走进后室，首先见到床边的煤油取暖器，金属网默默地发出橘红色的光芒。一堆被子下面，隆起两个挨得很近的小丘。仿佛他们早已躺在自己的坟墓中，帕森思忖道，然后弯下腰，戳了戳较大的那座小丘。

"伙计，起床了。"帕森说。

可是，从被子底下钻出脑袋的，却是雷，他身上穿着好几件衬衫和毛衣。玛莎也从被子底下伸出头。他俩就像是两只在巢穴里受

---

① 一加仑约合3.8升。

027

到打搅的胆小的动物。一开始，帕森只是盯着自己的大哥和大嫂。在一个最能看穿世态炎凉的行业里做了几十年后，帕森惊讶于仍然有事情能让他大吃一惊。

"你俩为啥不睡在自己家里？"帕森最终问道。

玛莎答话了。

"丹尼，他睡在家里，有时还有他的朋友，"玛莎停顿了一下，"我们睡在这儿，更好一些，更舒服一些。"

帕森望着自己的哥哥。雷今年六十五岁了，可看上去像八十岁的人：嘴巴凹陷，全身皮包骨头，异常虚弱。他的大嫂稍好一些，大概因为她是个大块头、骨骼粗壮的女人。但他俩看起来都不妙——饥饿、疲倦、病恹恹，还很惊恐。帕森记不得自己的兄长是否曾经如此惊恐过，他现在显然被吓坏了。雷的右手握住被子一角，手在哆嗦。帕森和妻子迪恩还未有一子半女，便离了婚。他现在领悟到，那是一件幸事，它让自己永远不会落入这种凄惨的晚景中。

玛莎过去一直把自己的家庭凌驾于帕森之上，以致帕森对大哥的拜访越来越少，时间也越来越短。真遗憾，你没能有一子半女，玛莎不止一次地对他说道。每次丹尼拿着一把链锯、一台挖穴机或农场里的其他设备来典当时，帕森总会想起这句话。现在玛莎一副精疲力竭的模样，帕森回想起她的话时，依然不悦。

他的视线落在那台散发出一丝微弱暖意的煤油取暖器上。

"是啊,看起来住在这儿确实要舒服得多。"帕森说道。

雷舔了一下皲裂的嘴唇,用刺耳的嗓音说道:

"那个玩意,无论你叫它什么名字吧,总之是它让我儿子失去理智。我儿子除了吸毒,什么都不知道。"

"不是他的错,是毒瘾的错,"玛莎一边说,一边坐起身,露出身上的多层衣服,"也许我养育他的时候做了些错事,因为他是独子而对他太溺爱。女儿们总说我特别宠他。"

"女儿们来过这儿吗?"帕森问道,"她们见过你们这种处境吗?"

玛莎摇了摇头。

"她们有自己的家庭要照顾。"玛莎说。

雷的下嘴唇颤动了一下。

"不是那样。女儿们害怕来这儿。"

帕森看着哥哥。他本以为这件事会容易得多,只是二十美元的事儿,还有就是传达治安官的威胁。

"雷,你在拖车里住了多少天了?"

"我记不清了。"雷答道。

玛莎出声了。

"一个礼拜不到。"

"电已经停掉多久了?"

"从十月开始就停电了。"雷说道。

"外面桌子上放的,就是你们的所有食物?"

雷和玛莎不敢正视帕森的眼睛。

墙上挂着一张家庭合影。帕森思量这张照片是何时挂上去的,是在丹尼搬出去之前,还是之后。照片里的丹尼十六岁,也许十七岁,充满自信,但也性情暴躁,是一个一直被纵容的年轻人的表情。全家人的宝贝。帕森突然想到一些事情。

"他在领用你们的社会福利金支票,对吧?"

"这不是他的错。"玛莎说道。

帕森依旧站在床尾边,雷和玛莎也没有要爬出被窝的意思。他们看上去就像两个孩子,等着帕森关掉电灯,离开房间,那样他们就能继续睡觉了。典当商和急诊室医生、其他小神祇一样,必须摒弃自己的同情心。对帕森来说,这从来就不是个问题。正如迪恩多次跟他讲的,他这个人无法读懂另一个人的心。帕森,你感受不到爱,迪恩是这么说的。你仿佛多年前被打了一针免疫针,再也感受不到爱。

"我会替你们把电弄好,"帕森告诉哥哥,"你还能开车吗?"

"我能开车,"雷说,"唯一的问题是,丹尼用卡车来干他的事情。"

"不能这样下去了。"帕森说道。

"不是丹尼的错。"玛莎又说了一遍。

"你说够了。"帕森回了她一句。

他走向角落,拎起煤油罐。罐子里只剩下一半煤油了。

"你拿走我们的煤油干什么?"玛莎问道。

帕森没有作答。他走下拖车,一脚深一脚浅地穿过雪地,手里的煤油罐沉甸甸的,拿着不便,他的嘴边很快就起了白汽。儿时的清晨,他拎着盛着温热牛奶的一加仑桶,从牛舍走向农舍,和那时候比起来,眼下并没多少不同。甚至从孩提时起,他就想要离开这个鬼地方。他从来不像雷那么喜欢这儿。被打过免疫针。

帕森把煤油罐放在卡车放下的后挡板上,人也坐在上面,从外衣口袋里掏出打火机和香烟,一边抽烟,一边凝视着房子。从柴火棚里拿出来的小木柴和圆木被丢得满门廊都是。没人想要把木柴整齐地堆叠好。

帕森告诉自己,这件事很容易办成。他驾车过来,停在离正门只有五码的地方,没人走出房子来瞧瞧。甚至没人从窗口伸出脑袋张望。他可以走上门廊,用煤油浇透圆木和小木柴,接着绕到后门,把剩下的煤油浇在后门上。之后,霍金斯会把这起案子当作又一起瘾君子导致的爆炸事故记录在案,制造冰毒的那个笨蛋肯定连高中化学课也没及格。如果房子里有其他人,那些人定然很乐意把两个老人从他们的家里吓跑。这起事故再糟糕，也不会比放火烧掉一个藏着铜头蛇的柴火堆更糟。帕森吸完烟，将烟蒂朝着房子的方向一弹，焖烧的烟蒂落在雪地上，随即熄灭，发出短促的嘶嘶声。

他从卡车后挡板上下来，踏上门廊，试着转动门把手，房门打开后，他走进前厅。壁炉里行将熄灭的炉火发出亮光。房间里所有能卖的东西都被拿去卖掉了，仅剩下被拉到壁炉旁的一张沙发这一件家具。就连一面墙上的墙纸也被扯掉了。冰毒的气味渗透到每个角落，覆盖在墙壁和地板上。

丹尼和一个帕森不认识的女孩躺在沙发上，身上草草盖了一条被子。他们所穿的衣服又破又脏，闻上去的味道像是从垃圾箱里顺手捡来的。帕森向沙发走去时，踩到了装在纸袋里腐烂发臭的三明治碎屑、糖果包装纸、软饮料的污渍。即使地上有一坨大便，帕森也不会感到惊讶。

"他是谁？"女孩问丹尼。

"一个他欠了二十美元的人。"帕森说。

丹尼慢慢坐起身，女孩也跟着起身，女孩黑色的头发结成一缕缕，整个人因为吸毒而没有半两肉。帕森在她身上反复寻找，想发现一处也许能让她不同于自己每周都能看到的十来个类似的女人的特征。他花了一点儿工夫，确实有所发现，那就是女孩前臂上有一枚蓝色四叶草文身。帕森望着女孩毫无生气的眼睛，知道她一辈子都没交过好运。

"厌倦了从你父母那儿偷东西,对吧?"帕森问侄子。

"你在说些什么?"丹尼说道。

他长着一双淡蓝色眼睛,很像女孩的眼睛,明亮却又毫无生气。帕森想到了小学时的一段记忆,五颜六色的昆虫被人用钉子固定住,收纳于玻璃盒里。

"你偷来的那把霰弹枪。"

丹尼笑了一笑,但始终合拢着嘴。他内心还有一点儿自尊,帕森思忖道,记起丹尼小时候便很虚荣,衬衫口袋里总放着一把梳子,穿着漂亮衣服。

"我估摸着他不会惦记那把枪,"丹尼说,"他开的加油站生意红火,他有钱去再买一把枪。"

"你走狗屎运了,是我告诉你这番话,而不是治安官,虽然等到马路的雪化了之后,他会立马赶到这儿来。"

丹尼望着那堆行将熄灭的炉火,仿佛他是在对着炉火而不是帕森说话。

"那么,你为什么光临此地?我知道你肯定不是到这儿来警告我,霍金斯就在路上。"

"因为我想要回我的二十美元。"帕森说。

"我没有你的二十美元。"丹尼说。

"你最好想个法子还钱给我。"

"什么法子?"

"钻进你的卡车,"帕森说,"我要载着你这个混蛋去客车站。给你买一张去亚特兰大①的单程票。"

"要是我不想那么干呢?"丹尼说。

曾经有段时间,丹尼可以用这句话吓到别人,因为那时候的他肩膀宽阔,身材强壮,是县里橄榄球队的边锋,但丹尼已经掉了五十磅②的体重,结实的肌肉没有了,牙齿也差不多掉光了。帕森甚至懒得把左轮手枪亮给他看。

"那好,你可以在这儿等到治安官过来,把你这个废物拉进牢房。"

丹尼凝视着炉火。女孩伸出手,搁在丹尼的胳膊上。房间里静得出奇,只有炉火发出了几下劈啪声和爆裂声。壁炉上没有时钟。两个月前,帕森从丹尼手上买下了那台富兰克林牌时钟。他曾经动过短暂的念头,想要自己留下那台时钟,但不久便转手倒卖给了阿什维尔的古董商。

"如果我遭到逮捕,对你来说就是一桩丑事。是不是因为这个缘故?"丹尼问道。

---

① 佐治亚州首府。
② 一磅约合 0.45 千克。

"什么缘故？"帕森答道。

"你表现得好像很在乎我。"

帕森没有应答，接下来，在差不多整整一分钟时间里，无人说话。最终，女孩打破了沉默。

"那么我呢？"

"我也会给你买张车票，或者送你去阿什维尔，"帕森说，"但你不能待在这儿。"

"不带着毒品，我们哪儿也不去。"女孩说。

"那么去把毒品拿来。"

女孩向厨房走去，回来时拿了一只棕色的纸袋，袋口半折着，皱巴巴的。

"干吗？"帕森从女孩手上抢走纸袋时，女孩叫道。

"等你们登上客车，我会把它还给你们的。"帕森说。

丹尼看起来在思索着什么事情，帕森想知道他身上有没有带着刀子，或者左轮手枪，可当丹尼站起身时，他的两手空空，裤子口袋里也没凸现任何刀柄。

"穿上外套，"帕森说，"你们要坐在车斗里。"

"那样会很冷的。"女孩说。

"再冷也冷不过那辆拖车。"帕森说。

丹尼正在穿牛仔夹克，动作突然停住。

"这么说来,你先去了拖车里。"

"是的。"帕森说。

丹尼过了好一阵才重新开口。

"我没让他们住进拖车里。他们是被上个礼拜来这儿的几个家伙吓坏了。"丹尼说到此处,冷笑了一声。帕森怀疑丹尼大概在镜子前练习过这一动作。"我去看他们的次数比你多。"他说。

"我们走吧。"帕森说道。他在丹尼和女孩面前晃了晃纸袋,又从口袋里掏出了左轮手枪。"我拿着这两样东西,只是为了防止你俩以为自己可以耍什么花招。"

他们走到屋外。雪仍旧下得很大,通往县级公路的那条路现在只剩下白茫茫的一片,看不见半棵树。丹尼和女孩站在卡车的后挡板旁,却没有爬进车斗。丹尼冲着帕森左手拿的纸袋点了点头。

"至少给我们一点儿,好让我们抵挡得住寒意。"

帕森打开纸袋,取出一小包冰毒。他也不知道这么一包够不够两人用。他把这包冰毒扔进卡车车斗,注视着丹尼和女孩跟随着毒品爬上车。这和你用一包狗饼干引诱两条猎狗没什么两样,帕森思忖道,接着把煤油罐推进去,拴上后挡板。

帕森钻进卡车,启动发动机,徐徐驶下车道。他一驶上县级公路,就左转弯,开始了前往席尔瓦的十五英里车程。丹尼和女孩蜷缩成一团,靠在卡车后窗上,他们的脑袋和帕森的脑袋只隔着一道四分之一英寸①厚的玻璃。三颗脑袋离得如此之近,使得驾驶室感觉像是一个密闭空间,尤其是当帕森听到女孩隐隐约约的哭泣声时。帕森打开了广播,他能收到的唯一一个电台预报说,日暮时地面会有一英尺厚的积雪。电台接着播放起一首他已经有三十年没听到过的歌曲,欧内斯特·塔布②的《急切等待你》。从灌木山上驶下的半路上,公路突然一个急转弯,地势突降。丹尼和女孩滑向车斗尾端,撞在后挡板上。片刻后,当公路变得平坦起来,丹尼用拳头重重地擂打后窗,但帕森根本没回头瞧一眼。他只是开大了广播的音量。

到了客车站,丹尼和女孩坐在一张长凳上,帕森则买来了车票。到亚特兰大的客车要一个小时后才会发车,帕森坐在丹尼和女孩对面静静等候。女孩的嘴唇破了,大概是滑向后挡板时受的伤。她用纸巾轻擦嘴唇,接着久久地凝视纸巾上的血迹。丹尼激动起来,双手安稳不下来。他不停地在长凳上变换坐姿,仿佛找不到一个舒服的姿势。最后他站起身,走向帕森坐的地方,站在他面前。

"你从没喜欢过我,对吧?"丹尼说。

帕森抬起头,看着面前的男孩子。尽管丹尼已经二十几岁了,

---

① 一英寸等于2.54厘米。
② 欧内斯特·塔布(1914—1984),美国歌手和词曲创作人,乡村音乐的开拓者。

可他依旧是个男孩子，到死都会是个男孩子，帕森这么认为。

"嗯，我猜是这样吧。"帕森说。

"发生在我身上的事，"丹尼说，"不全是我的错。"

"我经常听到这种话。"

"在这个国家里找不到好工作。你再也没法以务农为生。如果我能有所获得，我是指一份好工作，我肯定会不一样。"

"我听说在亚特兰大有很多工作，"帕森说，"那儿经济很繁荣，所以你将要去的是一块你再也找不到借口的土地。"

"我不想去亚特兰大，"丹尼顿了下，"我会死在那儿的。"

"你吸食的玩意，不管在这儿还是在亚特兰大，都能要了你的命。到了亚特兰大，你至少不会一道害死你妈你爸。"

"你以前从没喜欢过他俩，尤其是老妈。你现在怎么会关心起他俩了？"

帕森琢磨了这问题一会儿，考虑了好几个可能的答案。

"我猜，是因为没其他人关心他俩。"帕森最终回答道。

客车到站时，帕森和丹尼、女孩一同走到上车区。他把纸袋和车票交给女孩，又望着客车从遮阳篷下驶出，向南而去。客车到亚特兰大前，会在好几个地方停靠，但丹尼和女孩会一直待在车上，因为帕森答应等他们到亚特兰大后，会通过西联汇款给他们汇去两百美元。当然，帕森可不会兑现这项承诺。

温-迪克西超市的货架上已经没有了牛奶和面包,但其余的食品足以塞满四个购物袋。帕森在斯蒂夫·杰克逊的加油站略作停留,加满了煤油罐。两人都没提起这时已经重新挂到皮卡车后窗上的那把霰弹枪。回到栗子凹的行程比原先慢得多,路上有更多的积雪,向西驶入山区后,天色更为黯淡,可见度更差了。帕森知道,到五点便会漆黑一片,而现在已经过了四点。在皮卡车第二次打滑、惊险十足地停在一处悬崖前之后,帕森把车速保持在第一档或第二档。在好天气里只需三十分钟的车程,足足耗费了他一个小时。

帕森抵达农舍时,从仪表盘下拿出一个手电筒,把他购买的食品拎进厨房。他接着把煤油罐也拿进农舍,再向拖车走去,径直上车。取暖器的金属网依旧在发出橘红色的光芒。帕森把取暖器关掉,让金属网冷却下来。

他用手电筒照着床铺。他的大哥大嫂蜷缩在一起,玛莎的脑袋枕在雷的下巴下面,雷的手臂环抱着妻子。两人看上去睡得很安详。帕森对早上吵醒他们略感歉意,于是决定先等等。他从前厅拿来一把椅子,放在床尾旁边。他静静等待着。玛莎首先醒来。房间里昏暗无光,但她依然感觉到他的存在,她转过身,望着他。她挪动了身体,以便更清楚地看到他,同时雷也睁开了眼睛。

"你们现在可以回到家里睡了。"帕森说。

他俩只是注视着他。

"他走了,"帕森说,"不会再回来了。他的狐朋狗友也再也没有理由来这儿了。"

玛莎此时打了个激灵,从床上坐起身。

"你到底对他做了些什么?"

"我什么都没做,"帕森说,"他和女友想去亚特兰大,于是我开车送他们去了客车站。"

玛莎看上去并不相信帕森。她慢慢爬下床,雷也一样。两人穿上鞋,接着迟疑地走向拖车门,似乎一点都高兴不起来。两人犹豫地停在门口。

"去吧,"帕森说,"我会把取暖器拿过去。"

帕森去床边拿起煤油取暖器,他弯下腰,慢慢地提起它,小心地用腿部而不是背部的力量。取暖器里的煤油所剩无几,所以不是太重,只是不方便拿。他走进拖车前端的房间时,他的大哥和大嫂仍然站在门口。

"把车门打开,"他告诉雷,"让我把取暖器拿出去。"

帕森把取暖器放到台阶上,接着一口气把它拎进了农舍里。一走进农舍,他就把取暖器放到壁炉旁,灌入燃料,再开启。他和雷一起,把圆木和小木柴从前廊拿到屋里,在壁炉里生起熊熊火焰。烟道没有正常地抽风。等到帕森调试完毕时,烟气弥漫了整个房间,但那种味道也好过冰毒的气味。他们仨坐在沙发上,打开三明治的包装。他们一直到吃完三明治时都没说过一句话,只是注视着壁炉,看炉火的影子在墙壁上颤动。帕森暗忖,这一定是老年人的感受,一万年前的人们会在寒夜里做同样的事情,吃点儿东西,在篝火前坐下,望着火苗,找到了平和,知道他们又活过了一天,现在可以休息了。

玛莎开始轻轻地打鼾,帕森也昏昏欲睡起来。他强忍睡意,抬头望着哥哥,他的视线依旧停留在炉火上。雷看上去没有睡意,只是陷入了沉思。

帕森站起身,伫立在壁炉前,打算在踏入寒冷的室外前,先让热气渗入到他的衣服和肌肤里。他从口袋里掏出左轮手枪,交给雷。

"以防丹尼的哪个朋友来找你们麻烦,"帕森说,"明早,我会让你们的电力恢复供应。"

玛莎突然醒来。一开始她似乎还不知道自己身处何处。

"你不会是想要今晚就驾车回塔克西吉吧?"雷问道,"路上会很危险的。"

"我不会有事的。我的吉普车能应付。"

"我还是希望你别走,"雷说,"你有差不多四十年没在这个屋顶下睡过觉了。时间太久了。"

"今晚不行。"帕森说。

雷摇了摇头。

"我从没想到过事情会变成这样，"他说，"这个世界，我再也看不懂了。"

玛莎出声了。

"丹尼说过他会住在哪里吗？"

"没。"帕森一边说，一边转身要走。

"我宁愿今晚睡在那辆拖车里，让丹尼睡在房子里。这样不管他是活着还是死了，我至少都知道他在哪儿。"帕森伸手抓住门把手时，玛莎说道，"你没权力那么做。"

帕森迈出房门，向吉普车走去。他发动了好几次，引擎才不再空转，他驾车驶离停车道。此时，透过挡风玻璃只能瞥见车外的小雪。帕森缓缓地开着，好几次不得不停下车，走下去，在白茫茫一片中寻找道路。一出栗子凹，驾车便轻松了些，但回到塔克西吉时，已然过了午夜。他的闹钟一直定在早上七点三十分，帕森把闹铃时间重设为八点半。他想晚点儿开门营业，晚上几分钟甚至一个小时，都没关系。无论他何时现身，顾客仍旧会在店门前等他。

## 盗墓贼

韦斯利·戴维森活着的时候，我从没喜欢过这人，见到他四仰八叉地死在我身边，也并没怎么改变我的成见。认识一个人多年，却对他的过世没有丝毫同情，这也许会让你们瞧不起我，但残酷的事实是，假如知道韦斯利是怎样一个人，你们大概会和我有同样的感受。你们也许会和我一样——把泥土铲到他的尸首上，连句默声祈祷都没有。把他埋葬在一块刻了另一个人的姓名、另一人的出生死亡日期的大理石墓碑之下以后，我和一个老人就成了这个世界上唯一知道韦斯利·戴维森葬于何处的两个人。

"我听说你急需一笔钱。"两周前，韦斯利在上班时对我说道，他所说的并不是大秘密，因为那天下午，银行的人来找我谈透支账户的事时候，整支修路队的人都在交通部停车场里。银行的人说他很遗憾，我母亲住在医院里，却没有医疗保险，但如果我不尽快还上钱的话，他会拖走我的卡车。银行的人离开后，韦斯利便找上了我。

我装作没听见韦斯利说话，因为正如我所说的，我从没喜欢过韦斯利这人。他总是高谈阔论，在其他方面无甚优点，经常把工作推到其他同事身上。韦斯利身强力壮，六英尺高，三百磅重，挺着一个大肚腩，当他起身干活时，大肚腩便晃来晃去。但你极少会见到这一幕，因为他大部分时间都靠在铁铲上休息，或躺在阴凉处睡觉。韦斯利的叔叔是修路队的老板，他让韦斯利为所欲为，包括上班迟到，当我们其他人都已经签到、准备出发时，韦斯利的福特漫游者才慢悠悠地驶过来，汽车后窗被一张南方邦联旗帜图案的大贴纸覆盖。韦斯利一直都很迷恋南方邦联的玩意，戴着美利坚邦联的皮带扣，手臂上文着邦联的旗帜图案。他还在工作时戴了一顶灰色的美利坚邦联军帽。修路队里没有黑人，整个县里也只有一小撮黑人，但你仍旧不应该戴那种东西。可既然修路队老板是韦斯利他叔，也就没人去追究了。

"你想不想赚些快钱？"稍后吃午饭时，韦斯利又问起我。他一边咕哝，一边在我身旁的树荫里坐下，我则从午餐盒里取出三明治和苹果。韦斯利的午餐是一包三个哈帝汉堡香肠肉饼三明治，在大约三十秒的时间里，他就狼吞虎咽地吃完了，接着点了一支香烟。我自己不抽烟，也不喜欢在吃东西时闻到烟味。我可以告诉韦斯利这些，可以告诉他，我喜欢一个人吃午餐，要是他没注意到的话，现在可以明白了，可是惹恼韦斯利，也就等于惹恼了我的老板。而且,也不仅如此。不管是谁,只要他们能帮我搞到一笔钱,我都愿意听他们的意见。

"你有什么门路?"我说。

韦斯利指了指自己的美利坚邦联皮带扣。

"你知道这么一个皮带扣值多少钱吗,一个真货?"

"不知道。"我答道,然而,我估摸着大概值五十或一百美元吧。

韦斯利从裤子后袋里掏出两张叠成小块的目录页。

"看看这里,"他边说边指着一幅皮带扣的图片,还有底下标着的数字,"一千八百美元。"他一边说,一边将手指往下挪,"两千四百美元。一千二百美元。四千美元。"他的手指在这行数字上停留了几秒。"四千美元。"他重复了一遍。韦斯利把另一页推到我的面前。上面印着各种纽扣,每件标价两百美元到一千美元不等。

"我从来都不知道,它们会值那么多钱。"我说。

"我还没告诉你一把剑能值多少钱呢。如果我告诉你,你一定会吓得尿裤子。"

"那么,这些和我赚快钱有什么关系?"

"因为我知道我们能在哪儿找到这样的玩意,"韦斯利一边说,一边对着我摇动目录页,"找到没生锈的,那么价钱会更高。你帮我忙，我给你两成半收益。"

我的猜测是，肯定是哪台交通部的推土机刨出了什么东西。也许是在以前士兵扎营或战斗过的地方。我估摸着，这是韦斯利的胡话，他想让我用剩下的一点儿钱，买一台金属探测器之类的东西。他一定以为我是个蠢笨的山里人，会认同这个计划，我觉得就是这样。

韦斯利笑嘻嘻地看着我，他的那种笑容仿佛是在说我什么都不知道。

"你有铁铲和鹤嘴锄吗？"韦斯利问道，"还是银行把这两样东西也收回了？"

"我有铁铲和鹤嘴锄，"我说，"我知道如何用这些工具，而不只是靠在上面休息。"

韦斯利明白我这句话的意思，但只是笑了笑，然后告诉了我他谋划的方案。我正要说我绝不会做这种事，可他伸出手，就像是伸手阻止车流，让我别急着答应或拒绝他，先好好考虑一番再说。

"我到明天再听你回话，"他说，"想想一千美元，也许更多，能让你的钱包鼓起多少。想想这笔钱能为你妈妈做些什么。"

韦斯利把关于妈妈的那句话放在最后说，因为他知道，就算别的任何事情都无法让我动心，提到我母亲，肯定会让我辗转反侧。

回家时，我顺道去了医院。护士只让我看妈妈几分钟，随后，护士说，妈妈三天后就能出院了。

"她有很强的生命力。"护士在走廊里告诉我。

这是个好消息，比我预期的要好。我去了缴款处，那儿的消息就不这么好了。虽然我已经支付了三千元钱，等到母亲出院时，我还欠着四千元。我回到我的拖车里，禁不住就想起韦斯利侃侃而谈的那笔钱。我想起老爸怎么工作到死，六十岁都没挺过，老妈苟活了很久，却被告知自己五十年来从天蒙蒙亮一直工作到晚上睡觉，却仍旧无力承担一次手术和两周住院的花费。我想到公平何在，世上有些人无非是打高尔夫球很厉害，或是擅长把球投进篮框，就能住豪宅，如果有需要，他们甚至能给自己买上一家医院。我想起夏洛特①、罗利的那些医生和银行家在沃尔夫·劳雷尔度假区建起的大房子。他们称那些房子为度假屋，然而修建有些房子花费了一百万美元。你可以争辩说，这些人为了那些房子而勤奋工作，但他们不会比老爸老妈更勤奋。

到天亮时，我已经确信，自己会答应韦斯利。当我在早休时告诉韦斯利时，他露出了笑容。

"我就知道你会答应。"他说。

---

① 北卡罗来纳州最大的城市。

"什么时候干？"我问道。

"当然是晚上。"他说，"某个天空晴朗的满月之夜，那样我们就不会因为手电筒的光而暴露。"

韦斯利考虑周密，想到用月光来做掩饰，这令我对他有了几分信心，并使我认为这个计划行得通。因为这是除了此事对错与否外，让我担心的另一个方面。我们假如被人抓住，肯定会在牢房里度过一段日子。

"这个计划的所有方面我都想过了，"韦斯利说，"我搜查过从这儿到旗帜塘的每块墓地，寻找最合适的那类坟墓，那些葬着军官的墓穴。我估摸着，军阶越高，就越有可能有所斩获，兴许还可能挖到一把剑。最终，我发现了两个中尉的坟墓。我从来就没指望找到将军墓。根据我读到的资料，南方邦联中被封为将军的人，多数是弗吉尼亚人。我也在墓地里找到了北方士兵的坟墓，包括一位上尉的。"

"上尉比中尉更大，对吧？"我问道。

"是啊，但那些买这类玩意的人，如果遇到南方邦联的东西，会付双倍价钱。"

"你能把东西轻松出手？"我说，"我是说，你不需要找地方销赃吗？"

"哎呀，不用。到处都有收藏者举行的大型售卖和交易会。下个月,在阿什维尔就有一场。你亮出手头的货,顾客自然会打开皮夹,把钞票向你抛来。"

韦斯利说到这里,突然闭上嘴,因为他渐渐想到这件事听上去太过轻松,我也许已经开始琢磨自己该分得多少钱。他的黄色大门牙咬住下唇,他绞尽脑汁,想琢磨个法子把刚才说的话收回去一部分。

"当然他们付的价钱不会是我给你看的两张目录上的标价。我们能拿到一半,就值得庆幸了。"

韦斯利的这句话还未说出来,我便知道是句谎话,但我不言不语,只是清楚地知道,等韦斯利去兜售我们找到的玩意时,我要和他一道去。

"我们下一步做什么?"我说。

"等待一个有收获月的晴朗夜晚,"韦斯利说话时,抬起头看了一眼天空,仿佛希望这样的夜晚能立刻到来,"还得保守这个秘密。我还没告诉过别人这件事,希望能一直保密下去。"

我们一等就等了两个礼拜,在第一个晚上,我从自家院子里抬头望天,看到瘦骨嶙峋的月亮,假如再瘦上一点儿,兴许还能把外套挂到月牙上。每天晚上,我看着月亮一点点充盈起来,最后变得像只大碗,把院子里的阴影驱逐回树林边上。妈妈已经回家,身体不错，一天天恢复过来。医院里的人说，到明年一月，她就符合医疗救助的条件了，真是好消息。那意味着我只用和韦斯利干好这一票，付清医院账单，就彻底了结了这桩事。

最终，合适的夜晚来临了，一轮圆月低低地照着这个世界。收获月，老爸以前会这么叫，你很容易就能明白这么称呼的原因，这样的圆月会令林间的跋涉轻松得多。

在墓地里跋涉也是同样的道理，晚上十点时，我们行走在墓地里。韦斯利的卡车停在墓园入口几码开外的一个转角处，至少在夜间，没人能看得见。我们没有走正门，因为守墓人的小屋在正门口。我们顺着围栏，穿过树林，爬上一座山坡。我的手里握着鹤嘴锄和铁铲，韦斯利的手里只拿了一只塑料垃圾袋。如今是十月下旬，空气闻上去清爽极了。树叶和橡子落在地上，脚踩在橡子上时，便发出吱嘎声，在我听来，每一下响声都像点二二子弹发射的声音。我闻到了柴炉的气味，发现小屋门廊传来了灯光。

"你就不担心那个守墓人吗？"我说。

"当然不担心。他年近八十，大概七点钟就上床睡觉了。"

"要是他睡着了，怎么会生炉子？"

"那个老头不会给我们带来麻烦。"韦斯利说话的语气仿佛这样就一锤定音了。

我们不一会儿就行走在了墓碑之间,此刻,走在空旷地带里,月光更显明亮。银色的月光洒在花岗岩和大理石墓碑上,洒在地上。墓地里显得愈加的安静,没有了橡子和落叶,只有高尔夫球场上的那种松软如垫子的草坪。然而,这是一种极度的静谧,给人阴森森的感觉。因为你知道有数百个人在此处安息,这数百人之中没有一个会在这个世界里再说一个字的话。唯一的声音就是韦斯利的呼吸声和咕哝声。我们走了不到半英里路,韦斯利就已经吃力起来。一辆汽车从马路上驶来,转弯的时候,车头灯的光束扫过几块墓碑。汽车没有减速,而是直接向马绍尔驶去。

"我得喘口气。"韦斯利说道,于是我俩便停了一分钟。我们现在是在一条山脊上,我能看见群星在夜空中闪耀。在如此晴朗的夜晚里,我估计上帝会非常容易地从天上看到我。这个想法让我略感困扰,可要是你估摸这件事要么大错特错,要么正确至极,卸下内心的负担,便会感到轻松得多。我们即将要做的事情,当然是桩罪过,可不好好照顾那位生你、养你的女人,是桩更严重的罪过。不管怎样,我是这么给自己开解的。

"路不远了。"韦斯利这么说,更多的是为了他自己,而不是为了我。他摇了摇肩膀,像一匹役马让身上的辔头戴得更舒服些似的。然后我们一直往山下走去,到一块旁边插着一面小小的南方邦联旗帜的大理石墓碑前,才停下。

"南方邦联女子后裔联合会的老太太们有点像是为我们圈出了正确地点。"韦斯利说道。

他拔掉旗帜,扔到墓碑后面,仿佛它不过是一株杂草。他点着打火机,大声读出墓碑上的字,好像我不能亲自去看似的。

"杰拉尔德·罗斯·威瑟斯庞,北卡罗来纳州第二十五团,生于一八二〇年十一月十二日,亡于一八九〇年一月二十日。

"挖掘于二〇〇七年十月二十三日。"韦斯利补上了一句,并轻蔑地哼了一下鼻息。他点起一支香烟,坐在坟墓旁。"你最好开始动手了,我们只有一晚上,一个小时也不多。"

"你呢?"我说,"不能都由我一个人挖。"

"我们是团队工作,"韦斯利说完,又用力抽了口烟,"伙计,别抱怨了。我马上就接你的班。"

我抡起鹤嘴锄,干起活来。昨天的一场雨让土地松软,所以表层土壤挖起来轻松得像挖湿润的锯屑一样。我接着拿起铁铲,把自己在草地上挖出的土壤铲到别处。

"别人会知道这儿被人挖过。"我说道,同时停下手上的活,大口喘气。

对我来说,这是个新想法,因为不知怎么的,我直到此刻才想明白,我们如果不在墓地里被人捉住,便能安全地回家。可在墓地里挖出两个大洞,肯定会让司法机关着手寻找那些盗墓贼。

"等他们发现时,我们早就跑远了。"韦斯利说。

"你就不担心吗?"我说道,因为我突然间就窥见了事件的发展。我们可能会落下什么东西,在夜色之中甚至毫无察觉。

"不担心,"韦斯利说,"警察会以为这是某些信仰伏都教邪恶神祇的崇拜者干的。他们不会想到要为这事劳烦像我们这种正派的民众。"

韦斯利打着打火机,又点了一支香烟。

"我们最好继续干活。"他一边说,一边冲着我手里的鹤嘴锄点脑袋。

"我们不是应该一起干吗?"我说。

"我不是说过了,我马上就接你的班。"

可是,这个"马上"变成了很久。挖到齐腰深时,我知道自己已经挖了四英尺多深,可韦斯利依然没有挪动过屁股。我干得大汗淋漓,手掌上起了一连串水泡。我正要告诉韦斯利,我已经挖到四英尺深,他至少也该挖上两英尺时,鹤嘴锄打在了木头上。一大片木头暴露了出来,是雪松木,我经常听人说,雪松木是最不易腐烂的木头。我思忖了片刻,为何这个墓穴不是整整六英尺深,接着就记起墓碑上的日期。一月份末的地面,硬得像铁一样。很容易就能想到,挖出四英尺深,这活就干得不错了。

"挖到了。"我说。

韦斯利这时才站起身。

"把周围挖一下,那样才可以把棺材盖打开。"

我照着他的吩咐做了,在一侧又挖深了一英尺。

"我会接替你,"韦斯利一边说,一边和我一道爬进墓穴,"如果你出去的话,会更方便我干活。"他说话间就拿起了铲子,但我不打算出去,因为我不会让他把发掘到的东西偷偷放进口袋的。

"我不会把什么东西藏起来的,试也不会试一下。"韦斯利说道,这句话只是告诉了我他脑子里在想些什么。

我俩挤到一边,与棺材保持距离,仿佛站在悬崖边一样。接着,韦斯利拿起铲子,撬开了棺材盖。

月亮和照在平地上不一样,无法轻易地把月光倾泻进墓穴里,所以一开始很难看清棺材里面的情况。棺材里有一件甚至到现在都还能说是白色的丝质衬衫,一条皮带,皮带扣,一双腐烂的旧鞋子,但昔日穿着这双鞋子、穿着衬衫的那个人,看起来比吹过挂在晾衣绳上的衬衫的微风实在重不了多少。韦斯利用铲子前端挑起衬衫,一些颜色和干竹子一样的尘埃和骨骸撒了出来。他把铁铲扔到墓穴外,点起打火机,拿着打火机靠近那个皮带扣。扣子生了锈,但你依然能辨认出金属皮带扣上镌刻的 CS 字样，而不是 CSA①。韦斯利拾起皮带扣，取下所剩无多的一截皮带。

"这玩意不赖，"他说，"但远远够不上最好的标准。"

"你估测它值多少钱？"

"最多一千块。"韦斯利在好好审视一番后说道。

我估计真实的价格应该是那个数目的两倍，但到时候我会在买卖的现场，所以眼下没有争辩的必要。韦斯利嘴上咕哝着，跪在地上，翻查那件衬衫，甚至检查了鞋子里面有没有留下东西。

"什么都没有。"韦斯利说着便站起了身。

我随即爬出了墓穴，可对韦斯利来说，要爬出墓穴可不容易。虽然墓穴只挖到四英尺深，他仍然无法靠自己爬上去。他爬到一半，就滑了回去，像头猎犬一样急喘气。

"我需要你帮一把，"他说，"我可不是个像你一样的瘦高个。"

我拉了他一把，韦斯利连滚带爬地出了墓穴，衬衣和裤子上沾满了泥土。他把皮带扣放进床单，打了一个结。

"另一处坟墓在那条路尽头。"韦斯利说道，冲着守墓人的小屋点点脑袋。他拉起袖管，看了一眼手表。"一点十五分。我们有充裕的时间。"他说。

---

① 这两个单词缩写均指南方邦联。CSA 代表 "Confederate States of America"，CS 代表的是 "Confederate States"。

055

我们走下山坡,在如同迷宫一样的墓碑中寻找路径。一片云团挡住了月亮,余下的星光不足以让我们看清脚下的路。我们停下脚步,我不安地想到,在今夜余下的时间里,如果那片云继续挡住月光该怎么办,我和韦斯利会撞到墓碑,迷失方向,困在这片墓地里,直到拂晓到来,路上的随便哪个人都能看到我们,也能看到那辆卡车。

但月光很快便扫清了云团,我们继续往前走,再次停下脚步时,距离守墓人的小屋只有不到五十码的距离,近得足以见到光亮来自小屋的后廊灯。韦斯利在墓碑前点起打火机,查看这是不是要找的坟墓,我看到墓碑上写着哈奇森中尉和他妻子的名字。中尉的名字写在左侧,因此很容易知道他的尸体是躺在墓穴的左边。

"一八六四年,"韦斯利把打火机凑近了墓碑,念道,"我估计一位丧生于内战时期的军官,肯定会穿着他的军服入土。"

我右手拿起铁铲和鹤嘴锄,把它们递向韦斯利。

"轮到你了。"我说。

"我觉得,你可以先干起来,然后我再来接手。"

"我会干大部分活,"我说,"但不能全都由我干。"

韦斯利见我不会让步,伸出手要拿鹤嘴锄。他一副轻率马虎的腔调,结果鹤嘴锄的锄刃撞到了铁铲的刃。守墓人的小屋里有条狗吠叫起来,我正准备冲向卡车,可韦斯利让我冷静下来。

"给我一分钟。"他说。

我们静静地伫立在原地，安静得就像周围的墓碑。小屋里没有亮灯，那条狗立刻停止了吠叫。

"我们可以干了。"韦斯利说道，同时开始用鹤嘴锄扒开地面。他的动作极快，我知道他想像我一样早点挖开墓穴。

"我松开泥土，你再把泥土铲到一旁，"韦斯利喘着气说，脖子上的血管鼓起，仿佛血管被打了一个结，"那样能更快干完。"

我心想，真可笑啊，一直等轮到你挖，你才想起这个，但那条狗已经释放出我内心的恐惧，我比我们驾车驶来后的任何时刻都要害怕。我拿起铁铲，我们合作，泥土像飞一样落到墓穴外面。在十五分钟内，韦斯利干了比他在修路队里工作十二年都要多的活。我和韦斯利精诚合作，干得十分投入，以至于我们一直到听见一声咆哮，才回过身，发觉守墓人站在我们身后。

"你们在做什么？"老人用霰弹枪对准我俩，问道。狗蹲在他身旁，这是条凶猛的大狗，看上去只要命令一下，它立刻可以用利齿撕咬我们。

"我说，你们在做什么？"老人再次问道。

这个问题的答案，对我来说和天上的月亮一样遥不可及。起初，韦斯利也不知该如何作答，但他很快就启齿说话，斟酌出一些辞令，就像你制作出的一些上等烟丝一样。

"我们不知道有哪条法律禁止干这事。"韦斯利说道。这大概是他所能想到的最愚笨的话了。

老人咯咯笑起来。

"有好几条法律呢,等我把治安官叫到这儿,你们就能学到所有这些法律了。"

我琢磨起要在治安官到来前开溜,如果老人决意要开枪,那么我就试试自己的运气,看狗会不会咬到我,老头开枪准不准,因为在我想来,在牢房里度日会比这条狗或面前的老头对我造成的任何伤害更为糟糕。

"你不需要叫治安官来。"韦斯利说。

韦斯利走出我们已经挖到两英尺深的墓穴,走向老人。那条狗从喉咙深处发出咆哮声,仿佛在说,别再凑上前了,除非你想要瘸着腿走出这座墓园。韦斯利注意到了那条狗,不再上前。

"为什么呢?"老人说,"你能提供什么,让我觉得自己不需要报警?"

"我的钱夹里有张十美元钞票,上面写了你的名字。"韦斯利说道。听到他的胡话,我不禁要笑出声来。眼前有一支霰弹枪对准了我俩,韦斯利却想用区区十美元来收买这个老人。

"你得出个比这更高的价钱。"老人说。

"那么二十美元,"韦斯利说,"对天发誓,我身上只有这么多钱。"

老人考虑了一下这个价格。

"把钱给我。"他说。

韦斯利掏出钱夹,把它侧过来,那样老人就能看到钱夹里只有那张他随后抽出来的二十美元钞票。他把钞票递给老人。

"你不能把这件事告诉任何人,"韦斯利说,"只能有我们三人知道此事。"

"我要把这消息传播给谁?"老人说,"可能你没有留意到,我的邻居可不太爱攀谈。"

老人仔细地端详了一番那张二十美元钞票,他似乎认为这有可能是伪钞。他接着叠起钞票,放进前口袋。

"既然你轻松松就拿到了双倍的钱,"韦斯利说,"为什么不多做点儿事,让我们在这里多挖一会儿?"

老人拿了韦斯利的钱,但并不怎么合作。

"不管怎样,你们在这儿挖掘是为了什么,"他说,"埋藏的宝藏?"

"就是内战时的玩意,皮带扣之类的东西,"韦斯利说,"不涉及钱财,只是一种情感寄托。我的曾曾祖父为南方邦联军队战斗过。在南方邦联的东西面前,我一直表现得很尊崇。"

"抢劫他们的坟墓,"老人说,"你的这种尊崇可够真心实意的。"

"我只是穿戴上他们无法再穿戴的服饰,把它们从地下带到今日的世界。看看这个,"韦斯利边说边解开床单,把皮带扣递给老人,"我会把它擦得锃亮,再自豪地戴上它,不仅是为了我的曾曾祖父而戴,也是为了所有那些为一项高尚的事业而战斗过的人。"

我一生中从未听过比这更好的政治谎言,因为韦斯利估计老人不知道皮带扣的真实价值,索性把所有情况都摊了牌。看起来,老人确实极有可能并不知情,因为我也是到韦斯利给我看过价格后,才敢相信皮带扣值那么多钱。

老人从连体工装服的口袋里取出手电筒,光束照在墓碑上。"北卡罗来纳州第六十四团。"他念出墓碑上的字。"我的祖辈支持北方联邦,"老人说,"他们当时就住在这个县里面。许多人不再愿意了解这些事情,但在那些山区,为北方联邦和为南方邦联打仗的人一样多。那时候,在这个县里,六十四团干出了许多恶行。他们枪击过手无寸铁的男人,还会鞭笞女人。我的祖母告诉了我所有的事情。他们鞭笞过的一个女人,就是她的母亲。后来,我在书里读到了这些事。所以我知道那些恶行是六十四团干出来的。"

老人关掉了手电筒,放进口袋,又掏出一只老式表,是那种带着链条的腕表。他啪地打开腕表,借着月光读出时刻。

"两点三十分,"他说,"你们俩继续干,把他挖出来。我觉得这样子的话,他的灵魂会落到更深处,一直坠入地狱。"

"给他二十美元。"韦斯利对我说道。

我身边只有十六美元,我正要说这句话的时候,老人告诉我,他不想要我的钱。

"我只要看着你们挖出这个叫哈奇森的家伙,就感到很开心了。他也许就是那个用皮带鞭笞过我曾祖母的人。"

老人后退几英尺,背靠在我们挖掘的墓穴旁边的一块顶端平坦的墓碑上。霰弹枪搁在他的臂弯里。

"你不需要把那支霰弹枪对准我俩,"韦斯利说,"枪支有时会意外走火。"

老人依然把枪管对准我俩。

"我想,我从你嘴里听到的,并非真话,"他告诉韦斯利,"当枪口对准你时,我会更好地信任你。"

我们再次开始挖掘,墓穴越挖越深,我俩也变得越来越拥挤,可至少我们不用再担心发出噪声。当韦斯利停下手中的鹤嘴锄、背靠在墓穴一侧时,我们已经挖了足足四英尺深。

"挖不下去了,"韦斯利连续喘了三口气,才说出这五个字,"我的胳膊快断了。"

当然是这样啊,我想道,可当我看向他时,发现他确实受伤了。他剧烈地喘气，大把地流汗，像是在七月盛夏的中午一样。

老人也离开自己背靠的墓碑，查看韦斯利的状况。

"你看上去大汗淋漓。"老人说道，但韦斯利没有答理他，只是合拢了眼睛，靠在坟墓的一侧。

"你得从墓穴里上来，"我对他说道，"这也许能帮助你呼吸些新鲜空气。"

"不。"他说话间略微睁开了眼睛，我知道他为什么会这么回答。除非看到我们正在挖掘的棺材里有什么东西，不然他是不会爬出去的。

也许是因为，哈奇森中尉是在五月份而不是一月份下葬的，但不管是出于什么原因，总之他被埋在整整六英尺深的地方。墓穴深度达到了我脖子的高度，我还没挖到棺材木。

老人依然站在墓穴上的老地方，伸出满脸皱纹的脑袋看着墓穴，仿佛是在俯视一口深井。

"你这人不太爱说话，是吗？"他对我说道，"要么是你的同伴不给你说话的机会。"

"不是。"我边说边铲了一铲子土到墓穴外。

在连续挖土铲土五个小时后，此刻干活越来越累。我的后背痛得要死，手臂感觉像是糖浆做的。

"你是不同意什么？"老人说道。

"不是,我不是太爱说话。"

"你是想要一个这种皮带扣,还是你追求的只是整夜挖土的愉悦?"

"就为了在这儿挖掘。"我答道,并很高兴他没有再多说话。我的力气所剩无多,不能浪费在唠叨上。

我再次提起鹤嘴锄,结果打在了某件硬邦邦的东西上,我被震得差点儿让锄子的手柄脱手。震动沿着手臂往上传,又传回到脊椎骨上,就像碰到电篱笆一样。我估摸着,自己在挖到棺材之前,还得挖出一块大石头。一想到还要对付这块石头,我就精疲力竭了,只想立即躺下,就此放弃。

"这是什么?"老人问道。韦斯利睁开眼,看着我拿起铲子,扒去泥土,以便更清楚地看到那样东西。

但那并不是石头,而是棺材,一个铸铁打造的棺材。韦斯利挨近墓穴壁,那样我能铲出更多的泥土,我想到的是,不管是谁要抬起那个棺材,他们定然很受罪,因为老妈的铸铁炉拎起来也不轻,需要四个成年人才能把它从厨房的一边抬到另一边。

"我一直以来都听说,这个墓园里有一些铸铁棺材,"老人说,"但我从未想到,自己能亲眼见到。"

这副棺材让韦斯利略微提起了精神。我在一侧挖出点儿落脚的地方,那样双脚就不用踩在棺材盖上。铁锈已经封住了棺材,所以我用鹤嘴锄扁平的一端，撬开了棺材盖，就像你用撬棍开启一扇卡住的窗户那样。我正要取下鹤嘴锄的手柄来当撬棍用时，棺材盖终于松动了。我蹲下腰，可是靠我一个人，抬不起棺材盖。

"你得帮我一把。"我告诉韦斯利，他在我旁边蹲下来。

这不是一件容易的事，我俩不得不站在一丁点儿可落脚的地方，还不能让棺材盖滑倒，砸在我们脚上。在我们掀起棺材盖不久，韦斯利便把左手放到右肩上，我以为这是某种敬礼姿势，但韦斯利紧接着便开始抚摩手臂和肩膀，似乎是胳膊麻木了。

"老天啊。"老人叹道，韦斯利和我站到一旁，那样我们也能清楚地看到棺材里面。

和另一口棺材里不一样，这回你能分辨出死者是个男性。骨骸都还完好，头颅上甚至还有一束红发。他的军服，虽然破烂，但从裤子和上衣剩下的部分你能看得出来，军服是白胡桃色的。我抬头看着韦斯利，除了棺材里的金属制品，他其余什么也没注意到。

棺材里的东西足以牢牢吸引住韦斯利的眼球。一枚皮带扣，表面只有薄薄一层锈迹，纽扣也是同样，看起来有五六枚。但这些还不是最棒的收获。最棒的是放在骨骸旁边的一把古剑和剑鞘。韦斯利伸手拿起剑鞘，因为铁锈的关系，剑被卡在剑鞘里，但在拉过两次后，终于有所松动。韦斯利最终拔出了古剑，把剑刃举在面前，我看得出来，他在估计这把剑能卖得多少钱，他脸上绽放的笑容，和他的眼睛亮堂的样子，都说明那会是一个相当高的价格。接着，他突然见到了某样东西，不管他见到了什么，总之是让他再也笑不出来的东西。他任由剑从手里滑落，靠回到洞壁上，双脚依然站在棺材里。他滑倒了，背靠洞壁，但下半身依然在棺材里，就这么瘫坐在棺材里，像个坐在平底船里的人。韦斯利的眼睛依然睁着，但再也没了光亮，比煤矿井深处还要乌黑。

"看看他还有没有脉搏。"老人说。

我走向韦斯利，踏在棺材上，那样我便不会踩到里面的骷髅。我抓住韦斯利的手腕，但他的脉搏全无，和眼眸一样毫无生命的迹象。

我在原地站立了一分钟。我经历过的所有糟糕困境和眼下比起来，都不足挂齿。我甚至不敢想象自己下一步要做什么。我要让老人把手里的霰弹枪对准我，扣动扳机，因为我的脑袋瓜里实在想不出一个更好的解决办法。

"我不觉得他会拿着剑、戴着皮带扣，自豪地走来走去扮演南方邦联士兵。"老人说。他注视着我，轻而易举地就估测到我内心的感觉。"你不应该为此而感到紧张，"他说，"他的死对你来说，只有好处，没有坏处。"

"你是怎么想到这些的？"我问道，因为我定然无法那么想。

"要是他说我们是仅有的三名知情者这话是真的,那会怎样?"老人说。

"我没透露过半句。"

"对此我毫无怀疑,"老人说,"就我所知,除非像拔牙一样强行从你口中逼问,不然你不会吐露半个字。"

"我觉得,他也没透露过此事,"我说,"如果他说了,多数人不会对他有好印象,有些人甚至可能报告警方。我估摸,他不会冒这个险。"

"那么,我会说,他是自己挖掘了自己的坟墓,"老人说,"像他这样一个胖子,我认为你是没法一个人把他拉出墓穴的,我呢,年纪太大,帮不到你。"

"我们也许可以用绳索,"我说,"用绳索把他拉出来。"

"如果你做了,又怎样,"老人说,"你觉得你可以把这个大胖子像拉儿童小货车一样拉出来。就算你行,你要和他一起去哪里?"

这是个相当尖锐的问题,因为从这儿到卡车有半英里多路。相比之下,我更有可能拉着一块墓碑到那么远的地方。

"那么做似乎不对,"我说,"我是想说,他的亲属永远都不知道他葬在哪里。"

"那些戴警徽的家伙脑子并不总是最聪明的,"老人说,"但如果警察在这儿找到尸体，就算他们的脑子笨得像树桩，也能琢磨明白你和他打算干什么。"老人停顿了一下。"那辆卡车是你的还是他的？"

"他的。"

"你把那辆卡车留在河边，然后关于你的同伴的流言便会四起，大家都会认为他愚蠢到喝得大醉酩酊，失足落河。你把警察引到这儿来，他们便会知道他是个盗墓贼。你以为他的亲属会更愿意以哪种方式来追忆他？"

老人的这段分析，只给我留下一条路可以走。我想要找到一条反对他的好论据，但我太过疲累，想不起任何事。老人掏出了表。

"现在是凌晨四点。你得开始填土了，那样你能在清晨之前填平这个墓穴。"

"有两个墓穴要填平，"我说，"我们在山坡上还挖了一座坟。"

"那么，尽你所能往墓穴里填土。就算全填平了，这两处坟墓看上去也会很古怪，因为表面是一层新土。我必须琢磨出一种说法，说给那些也许会注意到这一情况的人听，不过我整晚都在听你的同伴胡说八道，所以我已经有了一些好点子，知道该如何编造这个谎。"

我望着那把剑，想着这把利剑是如何在内战时杀掉某人的，而今夜又以它的方式杀害了另一人，至少，是对这把剑的欲望害死了人。

"他说了谎,说这玩意不值钱,"我说,"我需要用钱,所以我要卖掉它,但我会和你平分卖到的钱。"

"你自己留着吧,"老人说,"但是我要拿走你搭档的钱夹里剩下的钱。他不再需要这些钱了,就像墓穴里的中尉不再需要这把剑一样。"

我从韦斯利的裤子后袋里掏出钱夹,递给了老人。他抽出了一张十元和两张二十元钞票。

"我就知道,那个狗娘养的说自己已经没有钱了是在撒谎。"老人说完,把钱夹扔回到墓穴里。

我拿起剑和剑鞘,举到老人面前,接着是皮带扣和纽扣。我想,老人能轻轻松松地扣动扳机,开枪打死我。他倾身向前查看墓穴,我见到他手里依旧拿着霰弹枪,不禁想知道他是不是也在琢磨同一件事,因为朝我开枪和开枪射击洗衣盆里的老鼠一样容易。老人跪了下来,老迈的膝盖吱嘎作响,我估计是因为我的恐惧都清楚地写在了脸上,老人放下了霰弹枪,冲我一笑。

"我至少要给予你一些力所能及的帮助,把你拉出墓穴,"他一边说,一边伸出手,"别猝不及防地把我拉下去和你做伴。"

我握住老人的手,以他的岁数来说,手很强健,我的另一只手抓住洞口的边沿。使劲一拉后,我便出了墓穴。

我抓起铁铲，开始填土，虽然累得快死了，却干得飞快，因为我想，如果不赶快干完，我会在牢房里度过好一段日子，在牢房里我会希望自己当初能加把劲。此外，填土总是比挖土要容易些。我填好了这个墓穴，又走向另一个墓穴，一手拿着铁铲和鹤嘴锄，另一只手拿着古剑和床单。老人和他的狗跟在我身后。在清晨的粉红朝霞掠过布拉夫山之前，我把这个墓穴填满了一半。

"我得走了，"我说，"天要亮了。"

"那么把铁铲留下，"老人说，"我能填好余下的土。接着，我打算在坟墓上种些菊花，那样就能解释为何泥土被人翻起过。"

我不打算回来弄明白老人是否按照他说的做了。我的计划是永远不再来这地方，除非谁把我装进棺材运到这儿来。我一直朝山下走着。今天是周日，所以我在路上见不到半个人影。我把卡车停在河畔，距离马绍尔只有不到一英里路。我掏出手绢，仔细擦拭了方向盘和车门把手。接着，我大步迈进，一直走在森林里，直到我抵达城镇边缘。我在那儿一直蹲到大白天，觉得计划正如我期盼的那样顺利进行。人们很快就会找到那辆卡车，却没人发现我在附近出没过。韦斯利和我从来都算不上是朋友，从未一起去过酒吧，或做其他事情，所以不可能有人想到昨晚我会在他的卡车里。我把剑和床单藏到一些树叶底下，等以后再来拿。当我在杰克逊咖啡馆前穿过马路时，我觉得自己彻底安全了。

可我依然小心谨慎。我没有走进咖啡馆,而是在树旁等待,一直等到我看见蒂米·沙克尔福走出咖啡馆。他家离我住所不远,于是我走进停车场,问他介不介意送我回自己的拖车。

"你看上去折腾了一宿啊。"蒂米说。

我朝后视镜里看了看,确实面容很憔悴。

"醉得稀里糊涂,"我说,"我记得的最后一件事是和几个朋友坐在一辆车里,说我要撒尿。他们放我到路边,随后就嬉笑着驾车而去。我接下来记得的,便是自己行走在排水沟里。"

这个谎话编造得比我预想的要好得多,我觉得自己是从韦斯利身上取到了经。蒂米笑了笑,但什么话都没说。他在我的拖车前放我下车,然后向家驶去。我此刻饥肠辘辘,身上沾的泥土足以种起一座花园,但我径直睡倒在床上,一直到外面一片漆黑时,才睁开了睡眼。我醒过来时,感受到最深不可测的恐惧,有些时刻,我比自己一生的任何时候都要来得惊恐。接着,我的思绪安定下来,认识到自己是在拖车里,而不是在那座墓园中。

星期一上班时,我听别人说,他们在河畔发现了韦斯利的卡车,多数人都猜测他是到河边钓鱼或是喝酒,或是两样都做,掉进了河里,溺水身亡。人们在河里用拖网捕捞了数日,不过,当然是一无所获。

我等待了一个月,才尝试出售那些内战纪念品。我开车来到阿拉巴马州蒙哥马利，参加一次大型的南方邦联主题大会，一个大礼堂里挤满了买主和卖家。有些人要求出示鉴定证明之类的东西，但我最终找到了一位可以与之做买卖的买家。一位在图书馆工作的女士在网上给我的东西出过价，所以我很清楚自己手头的这堆东西值多少钱。那位买家只愿意出一半的价钱，可他不要求我出示鉴定书，也没问我的姓名。我告诉他，我会接受他的出价，但只能是现金交易。他为这个抱怨了一阵，但最终还是说"在这儿等我"，随即离去，回来时带来了五十二张百元大钞，都是崭新的钞票，发出脆响，摸起来光滑极了，像是浆洗和熨烫过一样。

这笔钱比医院的账单还要多，我把付完医药费剩下的钱交给了妈妈。这让我为自己所做的事稍微不那么感到忧心忡忡。我也想到了一些别的事，那两座坟墓的墓碑都是做工精湛、切割得整整齐齐的大理石，这意味着那两个死去的南方邦联中尉活着的时候，并没尝过缺钱的滋味。既然他们都已经死了，让妈妈拥有他们留下的一部分财产，这挺公道的。

唯一糟糕的事情是，我不断地做着一个梦，梦见墓园的老头开枪射我，我和韦斯利一道被埋在墓穴里。我受伤很重，却依然活着，泥土堆在我的身上，我听到墓穴上方传来的老人的笑声，仿佛他本人就是魔鬼。每一次做到这个梦，我都会在床上突然坐起身，大口喘气，差不多整整一分钟后才会停下来。现在，一年以来，我每月至少会做一次这个梦，我猜测，很有可能自己的余生里都要不断地做这个梦。无论你获得了什么，总是要付出代价。我希望这句话不是真的，因为那实在是一个可怕至极的噩梦，可如果发生了那么多事情以后，这就是最糟糕的结果，那么，我可以一直忍受着它。

## 上山路

贾里德以前从没走得这么远过：翻过锯木岭，翻过结冰的溪涧，再路过一块上面写着"大烟山国家公园"的三角形金属路牌。要是雪继续下，并且他的足迹被雪覆盖，贾里德肯定会转身回去。很多人在这个公园里迷过路。小孩在家庭野餐时走失，徒步旅行者走错了路。有时候，要几天后才能找到迷路者。然而，今天太阳出来了，天空湛蓝，不会再下雪，因此很容易找到来时的路。贾里德听见直升机在西边的某处盘旋，这表示他们仍然没能找到飞机。他们正在从布赖森城往田纳西州界搜寻，反正他在学校里是这么听说的。

地势逐渐下降，直升机的噪声消失了。在最陡峭的地方，贾里德上身倾向一侧，握住树木以防滑倒。他闯入密林中时，并未想起失踪的飞机，也没想起自己能否得到一辆企盼已久的山地自行车当圣诞节礼物。贾里德也没想起父母，尽管他认为把圣诞假期的头一天花费在野外的主要原因就是父母——在这个寒冷的日子里，到室外好过待在那个所有东西都感觉那么令人悲伤的家里，从摇椅和软沙发到原本放着电视机和微波炉的地方，无一不让人触景伤情。

他想到的是琳迪·斯塔恩斯，五年级时在自习室里坐在他前排的女生。贾里德假想琳迪走在自己身边，他为她展示积雪上的脚印，告诉她哪些是松鼠的足印，哪些是兔子的脚印，哪些又是鹿的足迹。他幻想出一行熊的脚印，他告诉琳迪自己连熊都不怕，琳迪跟他说她很怕熊，所以他一定要保护她。

贾里德停下脚步。他尚未见到任何人类足迹，可他回头看了一眼，确定附近连半个人影都没有。他取出小折刀，举起刀，让自己相信这把小折刀是把猎刀，而琳迪就在他身边。要是真有熊来袭，我会照顾好你，贾里德大声说道。贾里德幻想琳迪伸出手，握住他的一条手臂。他走上另一道不知叫什么的山岭，手里的小刀一直向外。他幻想琳迪依旧握住他的手臂，当他们走上山岭时，琳迪说，她在学校时对他抱怨，说他这个人和身上的衣服闻起来臭烘烘的，她为此感到抱歉。

攀登至山岭上，贾里德假装有只熊突然起身，露出牙齿，咆哮起来。他用那把小折刀猛捅那只熊，结果熊跑走了。贾里德走下山岭时，小折刀依然握在身前。他大声说，它们有时会转头回来。

他下山岭到半道时，小刀被中午的太阳照中，金属刀刃闪现光泽。另一道光泽从底下发出，仿佛是在回应一般。起先，贾里德只看见暗绿色的杜鹃花丛中，发出金属的反光，可当他更凑近些时，他看到了更多：一副破碎的银白色推进器、白色尾翼和机翼碎裂后的残片。

有一会儿，贾里德想过转身离开，可他接着又告诉自己，一个刚刚与熊搏斗了一场的十一岁男孩不应该害怕靠近一架失事的飞机。他走下山岭，沿途折断杜鹃花，以便辟出一条道路。当他最终抵达失事飞机旁边时，他看不到多少情况，因为冰雪覆盖了飞机窗户。他转动乘客一侧舱门的外把手，可舱门丝毫没有松动的迹象，直到贾里德把小折刀刀刃插进去，舱门才伴随着吸气的声音，被他打开。

一个女人坐在乘客座上，上身向前弯去，像块马蹄铁。褐色的长发落在她的脸上。头发也被冻住了，仿佛冰柱一样容易折断。她穿着蓝色牛仔裤和一件黄色的毛衣，左臂向前伸出，戴着一枚戒指。坐在她旁边的男人身体靠向飞机前窗，脑袋抵住玻璃。血迹染红了飞机前窗，他的脸庞不像女人那样被头发遮盖。两人后面还有一个座位，不过空着。贾里德把刀子放进口袋，爬进了后座，关上舱门。因为天冷，所以尸体闻上去并不很臭，他心想。

贾里德在飞机里坐了片刻，聆听这个静谧的世界。他听不见直升机的噪声，就连灰松鼠的喞喳声和乌鸦的叫声都听不到了。虽然在山岭之间，可此刻连风声都听不见了。贾里德不再挪动身体，也不再用力呼吸，让周遭变得更为安静，安静得就像前面坐着的男人和女人。飞机里暖和而舒适。半晌后，贾里德听到了一些动静，是最细微的响声，来自男人这侧。贾里德更用心地细听，随即知道是什么声音。他上身前倾，挤入前排的两张坐椅之间。男子的右前臂搁在膝盖上。贾里德拉起男子的衬衫袖口，看见了手表。他查看了时间，差不多是四点钟。尽管感觉只有几分钟，但他已经在后座里坐了两个小时。他循着足迹走回家所要依靠的日光很快就会消失。

贾里德离开后座时，望见了女人的戒指。即使在机舱的黯淡光线下，戒指仍然闪着亮光。他把戒指从女人的手指上取下，放进裤子口袋。他关上舱门，沿着靴子留下的脚印回到了来时的那条路上。贾里德试图让自己每一步都踏在早先留下的足迹上，假装他需要让一直紧跟他不放的野狼头脑混乱。

回家花费的时间比他所想的更久，他穿越国家公园边界时，太阳几乎已经落下。他爬下最后一座山岭，看见皮卡车停在院子里，前厅里的电灯亮着。他记起这天是周六，是老爸拿到薪水支票的日子。贾里德开门时，红色小烟枪放在咖啡桌上，旁边是一个放过毒品的空塑料袋。老爸跪在壁炉前，正在专心致志地绕着一根橡树圆木，反复调整上面的小木柴。小木柴中间有十来个压扁的啤酒罐，圆木上还放着三个红白两色的鱼漂。老妈坐在沙发上，目光呆滞，告诉贾里德的老爸该如何码放啤酒罐。她的膝头放着一卷锡箔,她正在把锡箔切割成一英尺长的细条。

"你瞧我们在做什么,"老妈笑着对贾里德说,"这会是我们家的圣诞树。"

贾里德没有应声,老妈脸上的笑容有了异样。

"宝贝,你不喜欢吗?"

他的老妈站起身,左手拿着一条条锡箔。她跪在壁炉旁,小心翼翼地把锡箔条装点到橡树圆木和引燃物上。

贾里德走进厨房,从冰箱里拿出牛奶。他在洗涤槽里洗了一只碗和一个调羹,倒了些麦片。吃过后,贾里德进了自己的卧室,关上门。他在床上坐下,从口袋里取出戒指,放在手掌里。他把戒指放到灯泡下,慢慢地前后摇动手掌,钻石的不同颜色闪耀起来,融合成一体。他会在和琳迪一起在操场上玩耍时把戒指给她,就在圣诞假期后的第一个艳阳天,那样琳迪就能看到这枚戒指的颜色有多漂亮。他把戒指给她后,琳迪会最终喜欢上他,这回会是真的。

贾里德直到房门突然被打开,才听到老爸的声音。

"你妈让你去帮她点圣诞树。"

戒指落到木地板上。贾里德捡起戒指,合上手。

"那是什么?"老爸问道。

"没什么,"贾里德说,"就是我在树林里找到的一样东西。"

"让我看看。"

贾里德打开手。老爸上前一步,取走戒指。他用手指用力摁戒指。

"肯定是假钻石,但戒指看上去是真金白银。"

老爸用戒指叩击床柱,仿佛通过听声音能确认它的真假。老爸还叫来了老妈,她走进房间。

"看看贾里德找到了什么,"他边说边把戒指递给她,"这是黄金做的。"

老妈把戒指放在手上,举在胸前,这样他们三个都能看到它。

"宝贝,你是在哪儿找到它的?"

"树林里。"贾里德说。

"我还不晓得你能在树林里找到戒指,"老妈说话间早已做起了美梦,"但你能找到戒指,难道不是很棒吗?"

"这枚钻石不可能是真的吧?"老爸问道。

老妈凑到台灯旁,把手握成杯状,慢慢地来回转动,让钻石内部的不同色彩闪耀起来。

"也许是真的。"老妈说。

"我能要回戒指吗?"贾里德问道。

"儿子,这得等我们搞清楚这枚钻戒是真是假。"老爸说。

老爸从老妈手里取过戒指,放进裤子口袋。他随后就走进另一间卧室，拿起外套。

"我要去一趟布赖森城，查清楚这枚钻戒是不是真的。"

"但你不能卖了它。"贾里德说。

"我就是打算让卖珠宝的看看这枚戒指，"老爸说话间早已穿上了外套，"我们需要知道这枚戒指值多少钱，对吧？也许需要给它上保险。你和你妈先点亮圣诞树。我很快就回来。"

"那不是圣诞树。"贾里德说。

"它就是圣诞树，儿子，"老爸答道，"只不过是棵被砍碎的圣诞树。"

贾里德想等到老爸回来后再睡，于是他帮老妈把最后几条锡纸包裹到木头上。老妈点起一根火柴，告诉他，该点亮圣诞树了。引火物着起火，最后锡纸和啤酒罐被烧得乌黑，缩成一团，鱼漂则融化了。老妈不断往火里加小木柴，并告诉贾里德，如果他凑近些看，他会见到天使的翅膀在火焰里面一张一合。老妈跟他说，天使有时会沿着烟囱下来，就像圣诞老人一样。午夜到了，老爸依旧没回来。贾里德回到自己的卧室。他告诉自己，我就躺下休息几分钟，可等他再次睁开眼时，窗外已是白天了。

他一打开卧室房门，就闻到了冰毒的味道，比他记得的每一次都更为浓重。他的父母没有上床睡觉。他一走进前厅，就知道了。

火依旧在燃烧，小木柴堆在炉床四周。老妈坐在她昨晚所坐的位置，穿着相同的衣服。她在一页页扯下杂志，用剪刀剪出一个个毛糙的五角星，用透明胶带粘在墙上。老爸坐在她身边，专注地看着。

玻璃烟枪摆放在咖啡台上，旁边是四袋毒品，其中两袋还没空。以前，剩下的毒品不会超过一袋。

老爸对他咧嘴一笑。

"我给你买了一些你喜欢的麦片。"他边说边指着一个盒子，盒子正面印着一个绿色妖精。

"戒指在哪儿？"贾里德问道。

"治安官拿走了，"老爸说，"我一把戒指拿给珠宝店的人看，他就说治安官昨天来过了。一个女人报告说不见了这枚戒指。我知道你会失望，所以我给你买了那种麦片，也为你买了些别的东西。"

老爸冲着正门点点头，一辆山地自行车倚靠在墙上。贾里德走向自行车。他看得出来，自行车并不新，有些蓝漆被蹭掉了，一个橡胶把套也不见了，不过轮胎没憋掉，把手也没歪。

"你要一直等到圣诞节才能拥有这辆车，这不太好，"老爸说，"地上积雪那么厚，真糟糕，但雪很快就会融化，你到那时就能骑这辆车了。"

贾里德的母亲抬起头。

"你爸不是挺好的嘛,"老妈说话时,眼眸变得很明亮,"去吃麦片吧,儿子。成长期的男孩需要好好吃早餐。"

"你和老爸呢?"贾里德问道。

"我们稍后再吃。"

贾里德吃早餐时,父母就坐在前厅里,来回递着烟枪。贾里德望向窗外,看见碧蓝一色的天空,连几朵白云都没有。他想要回到飞机那儿去,可一等他把碗放进洗涤槽,老爸就宣布说,全家三口要出门去找一棵真正的圣诞树。

"这是有史以来最好的圣诞节。"老妈告诉贾里德。

他们穿上外套,走上山脊,老爸拿上一把生锈了的锯子。在靠近山岭顶的地方,他们找到了弗雷泽冷杉和北美乔松。

"儿子,你最喜欢哪一棵?"老爸问道。

贾里德审视着那些树,接着选中了一棵不比他高的弗雷泽冷杉。

"你不想要一棵更大些的树吗?"老爸问道。

贾里德摇了摇头,老爸就在那棵冷杉面前跪下来。锯齿有点儿钝,但老爸最终还是锯开了树皮,锯断了树干。他们把那棵树拉下山岭,支在壁炉旁的角落里。贾里德的父母再次抽起烟枪,接着老爸去了工具间,拿出一把锤子、几枚钉子和两块木板。在老爸打造临时树架的时候,贾里德的母亲用报纸剪出了更多的五角星。

"我想要出去一下。"贾里德说。

"可你不能出去,"老妈说,"你要帮我把星星粘到圣诞树上。"

等到他们完工时,太阳已经落到锯木岭后面。贾里德告诉自己,我明天再去。

星期天早上,剩下的两袋毒品空了,贾里德的父母都病了。老妈坐在沙发上,裹在一条被子里直哆嗦。她自从星期五以来就没洗过澡,油腻腻的头发,一撮撮的。老爸看起来好一些,蓝色的眼睛深陷在眼窝里,嘴唇皲裂,在流血。

"你妈妈她病了,"老爸说,"你老爸自己也不太好。"

"医生帮不到她,对吧?"贾里德问道。

"对,"老爸说,"我觉得是这样。"

贾里德整个早上都看着他的妈妈。老妈以前从没病成这样。一会儿后,她点着烟枪,深深地吸了一口,烟枪里兴许还剩一些残渣。老爸双臂交叉,一边环视房间,一边抚摩自己的肱二头肌,似乎期待着看到一些他此前未看到的场面。炉火已然熄灭,寒冷让老妈哆嗦得更厉害了。

"你应该去见布拉迪。"老妈跟老爸说。

"我们还有余钱。"老爸答道。

贾里德注视着父母,等待老爸的目光扫掠,在正门旁停下,那辆山地自行车就停在那儿。可老爸的目光没有丝毫停留，直接越过了它。厨房里的煤油取暖器开着，不过它散发的热量基本上传不进前厅。

老妈抬起头看着贾里德。

"亲爱的，你能不能为我们生一下火？"

贾里德走到后廊，拿来一堆小木柴，接着把一块圆木也放到柴架上。他在柴架下面塞入剪星星剩下的报纸，他点着报纸，注视着火苗慢慢变大，接着又看了一段时间火焰，才转过身向着父母。

"你们可以把自行车拿到布赖森城去，卖了它。"贾里德说。

"不行，儿子，"老妈说，"那是你的圣诞礼物。"

"我们会没事的，"老爸说，"你妈妈和我只是昨天嬉闹过度了，就这样。"

可当早晨过完，他俩也没见起色。中午，贾里德去了自己房间，穿上外套。

"宝贝，你要去哪里？"老妈在贾里德走向大门时问道。

"再去捡些柴火。"

贾里德走进工具间，但没有去捡柴火。相反，他从工具间的后墙上拿下一根脏兮兮的绳索，绕在自己的腰上，打了个结。他离开工具间，沿着自己的足迹向西走进国家公园。雪今天更厚了，在他的靴子下发出嘎吱声。灰色的天空里，黑色的云团飘在西面。很快会有一场更大的雪，也许是在下午时分。贾里德假装自己是在执行一次救援任务。他是在阿拉斯加，腰间系着的绳索拉着一架装着食品和药物的雪橇。眼前的脚印不是他的，而是那些被他派去搜寻的人留下的。

抵达飞机失事的地方时，贾里德假装自己解开给养，给飞机里的男人和女人一些食物和饮料。贾里德告诉这两个人，他们伤得太重，没法和他一起走回去，他必须先回去，找来更多的救援。贾里德把手表从男人的手腕上解下，放在掌心里，表面朝上。我要拿走你的手表，他告诉男人，暴风雪要来了，我也许需要这块表。

贾里德把手表放进口袋。他钻出飞机，回头走上山岭。此刻云团看上去像花岗岩一样厚重，最初的一些雪花已经落下。贾里德每隔几分钟就拿出表看看，当他跟着自己的足迹回到家时，时针已经指向了三点钟。

卡车依旧停在房前，贾里德从窗口看见了那辆山地车。他也能望见自己的父母，两人蜷缩在沙发上。有那么一会儿，贾里德只是透过窗口凝视着他们。

他进屋时，炉火已经熄灭，房内冷得可以看见他呼出的白气。老妈从沙发上焦虑地抬起头。

"宝贝，你不该去很远的地方，却不告诉我们一声你要去哪里。"

贾里德从口袋里掏出手表。

"看这个。"他边说边把手表交给老爸。

老爸端详了一会儿手表，接着露出灿烂的微笑。

"这块表是劳力士的。"老爸说。

"贾里德，谢谢你。"老妈说话的样子仿佛要哭出来了，"你是任何人能拥有的最好的儿子，对吧，他爸？"

"最最好的儿子。"老爸说。

"我们能从这块表上得到多少钱？"老妈问道。

"我敢说，最少也能卖个两百块。"老爸回答道。

老爸把手表戴到他的手腕上，站起身。贾里德的母亲也站起身。

"我要和你一道去。我要尽快吸点儿玩意解乏，"老妈转身对着贾里德，"你待在这儿，宝贝。我们很快就回来，会给你带回汉堡包和可口可乐，还有更多你喜欢的麦片。"

贾里德看着父母从屋前的马路驶远。卡车消失后，他在沙发上坐下，休息了一会儿。他没脱下外套。他检查了一下，确认炉火已经熄灭，便去了自己的卧室，把背包里的教科书都拿出来。他走到外面的工具间，拿起一把扳手和一只锤子，放进背包。雪花现在更大了，已经开始覆盖掉他的足迹。他翻过锯木岭，工具在背包里咣当作响。还有更多的东西要拿，贾里德心想道，但至少他不需要把他们也带回来。

贾里德走到飞机失事的地方时，一开始没有打开机舱门，而是从背包里掏出工具，码放在面前。他端详了飞机被撞碎的机鼻和推进器，断裂的右机翼。要拧紧推进器，用扳手是最好不过的了，他断定。他还会用锤子敲直机翼。

当他换着工具，绕着飞机走时，雪下得更大了。贾里德看了一眼身后，望着山岭，看见自己的脚印越来越淡了。他用锤子的羊角把挡风玻璃上的冰雪铲除。完事后，他说了句"大功告成"，便把锤子扔到地上。他打开乘客那侧的舱门，钻进飞机。

"我把飞机修好了，它现在能飞了。"他跟男人说道。

贾里德坐在后座上，耐心等待着。一路走来，又忙活了半晌，让他浑身暖呼呼的，可身体很快又变冷了。他看着白雪覆盖了飞机的前窗，机舱里越来越暗。片刻后，他开始哆嗦，但又过去一段时间后，贾里德不再寒冷。他望向机舱侧面的窗户，看见不仅面前是白茫茫的一片，底下也是。他那时知道，飞机已经起飞，升至高空，被包裹在一个云团里，可他依然望向下方，等待着云团消散，那样他也许能找到那辆沿着蜿蜒的小路驶往布赖森市的皮卡车。

# 信仰美洲豹的女人

从母亲的葬礼驾车回来的路上,露丝·李兰德想起了美洲豹。

她在亚特兰大动物园见过一次美洲豹,钦羡于它的身姿,美洲豹前后踱步时的体态动作,宛如行云流水一般,与铁栏杆只有几英寸的距离,可自始至终都仿佛牢笼并不存在。她那时并没有想起现在记忆里的事情,这些记忆像是被埋在河底淤泥里,最终摆脱束缚,浮至水面:这是小学三年级时的一段记忆。卡特太太让他们拿出《南卡罗来纳史》教科书。紧接着响起一阵翻书的声音。几个男孩窃笑起来,因为教科书的第一页上印着一幅印第安妇女给婴儿喂奶的图片。露丝翻开书,看见一幅美洲豹的黑白素描,但只看了一瞬间,因为这页不是他们今天要学习的内容,也不是这个学年里余下任何一天的学习内容。露丝翻到正确的页码,她当时所见到的东西被她一忘就是五十年。

此刻露丝驾车向西,驶往哥伦比亚①,却再一次见到了那只穿行在棕榈树林里的美洲豹。她纳闷为什么在这几十年里,她从未在哪里读到或听其他任何人提起美洲豹还游荡在南卡罗来纳。露丝摇上车窗,关掉收音机,在一片沉寂中驾驶前行。葬礼的最后几天让她愈加疲累,因为她必须和那么多人招呼、攀谈。她是独生女,童年时光多半与书本和游戏相伴,看书玩游戏不需要其他人的参与。那是她结婚后最难适应的一点——理查德一直都在她身边,虽然她渐渐喜欢上两人生活里的亲密时刻以及一句"我在这儿"和"我会回来的"所承载的许诺和保证。如今,她可以不和任何人说一句话就过完一整天。

露丝在三天里头一次回到公寓,把这几天的邮件扔到床上,接着挂好黑裙子,把鞋子推进衣柜的角落。她翻看了寄来的账单和广告,当她见到一张失踪儿童的传单时,一如既往地愣在了原地。她端详男童的脸庞,对他开怀的微笑视而不见。要是她能找到男童,他那时的脸上肯定不会挂着笑容。读到失踪的男童四英尺高、八十磅重、金色头发、蓝色眼珠、失踪于夏洛特时,露丝不由得嘴唇微动。距离不是很远,她心想,随即把传单放进早已塞进二十来张相似传单的手袋。

---

① 这儿的"哥伦比亚"指的是南卡罗来纳州州府哥伦比亚市。

邮件里没有色彩淡雅的慰问卡。请假是为了个人私事，露丝告诉过上司，上司不知是出于尊重还是漠然，并未让露丝进一步解释。虽然露丝已经在同一家公司里工作了十六年，同事们依然对她一无所知。他们不知道露丝结过婚，曾有过一个孩子。圣诞节时，她和同事一道抽签拿礼品，每年她都收到一份奶酪和肉类。她能想见，送这份礼物的人买了一份给她，又买了一份送给自己的老处女婶婶。有几天，露丝在办公室里觉得自己是个隐形人。同事们经过她的办公桌时，目光径直穿透了她。她相信自己要是真的失踪了，警方需要画张肖像素描，同事中没人能提供详细的描述。

露丝走进起居室，跪在书架最底层的那套百科全书前面。她当年怀孕时，母亲坚持要来哥伦比亚一趟，带来了一辆崭新的婴儿车、大量打折尿片，还有多年前给露丝购置的这套百科全书。

这套书现在是为你的孩子准备的，母亲是这么说的，这就是我把它们留下来的原因。

但露丝的孩子仅仅活了四小时。当理查德坐在医院的病床上，面色惨白憔悴，告诉露丝他们失去了宝宝的时候，她依然因麻醉药而昏昏沉沉。在意识模糊的脑海里，她想象着宝宝坐在崭新的婴儿车里，被推进某条极少使用的医院廊道，然后遭到遗忘。

告诉他们，一定要找到他，露丝说道，费力地从床上起身，用手肘撑起身体，一直到最后手肘瘫软，黑暗重新包围了她。

理查德曾经想再试一次。我们的日子要继续过下去，他说。然而露丝把放着一包包尿片的婴儿车推进了"善心"旧货店。到了最后，只有理查德开始新生活，接受了一份在亚特兰大的工作。不久，他们周末见面的次数越来越少，孤寂重返她的生活，孤寂像是一处称不上好也称不上坏的地理位置，只是她很熟悉而已。

他们的婚姻分崩离析，并不怎么出人意料。所有的书上都是这么写的，所有提供生活建议的专栏作家也都是这么说的。他们的婚姻已经变成一团乱麻，彼此间只交流哀思。露丝如今明白，是她太过轻易地接受了这个想法，而不是理查德：既然生活永远是这个样子，那么一个人过日子更好，因为那样就不会有另一个人来映射出你的悲伤。他们本可以再生个孩子，本可以尝试治愈自己。是她不愿意那么做。

露丝伸出食指抚摩百科全书的书脊，像阅读盲文一样感知那些因岁月而颜色变深的字母。她抽出 J 卷，翻开书时，纸页发出劈啪声。她找到了词条，一张美洲豹在树上休憩的黑白图片——出没范围：中南美洲，曾经在得克萨斯州、新墨西哥州、亚利桑那州都有出没，但目前仅在美墨边境附近有极少次的发现。

没有提到南卡罗来纳，甚至没有提到佛罗里达。露丝第一次思忖着，她有没有可能只是幻想在教科书上见着了美洲豹？其实那大概是一只美洲狮或短尾猫。她把百科全书放回书架，打开电脑，把

"美洲豹 南卡罗来纳 灭绝"输入搜索引擎。查找一小时后,露丝找到三条指向美国东南部的条目,还有好几条指向佛罗里达和路易斯安那的结果,但没有指向南卡罗来纳的。她走进厨房,翻开电话簿。她拨打了州立动物园的电话主机号码,请求和主管通话。

"他今天不在,"接线员回答说,"但我可以把你的电话转给主管助理蒂姆罗德博士。"

电话铃声响了两下,一个男人接起电话。

露丝拿不准该如何说她想要问的事,吃不准除了确认自己的猜测之外,她到底想要做什么。她说明了自己姓甚名谁,表明自己对美洲豹感兴趣。

"本园没有美洲豹,"蒂姆罗德博士当即说道,"最近的一只美洲豹在亚特兰大动物园。"

露丝问起美洲豹是否在南卡罗来纳州出现过。

"在动物园里?"

"不,是在野外。"

"我从没听说过,"蒂姆罗德博士说,"我觉得美洲豹会生活在更靠近热带的环境里,但我也不是大型猫科动物研究的专家。"他此刻的嗓音显得审慎起来,流露出的更多是好奇而不是不耐烦。"我的研究领域是鸟类学。多数人都认为鹦鹉也是热带生物,可它们曾经在南卡罗来纳出现过。"

"这么说来，确实有可能。"露丝说。

"是，我猜确实有可能。我知道美洲野牛在本地出没过，还有麋鹿、美洲狮、野狼，美洲豹想必也有可能出现过。"

"你能帮我弄清楚吗？"

在蒂姆罗德博士停顿的时候，她的脑海中浮现出他的办公室——墙上贴着动物海报，水泥地面和囚禁大型猫科动物的笼子里的地面一模一样。也许只有一个文件柜和一张书架，除此之外一无所有。她猜测房间里弥漫着烟草味。

"也许吧，"蒂姆罗德博士说，"我可以问下莱斯利·温特斯。她是我们园里的大型动物专家，不过大象才是她最感兴趣的研究领域。如果她不知道，我会试着自己做点儿研究。"

"我能明天去动物园一趟，看看你有何发现吗？"

蒂姆罗德博士笑道："你是认准了就不放弃嘛。"

"平时不是这样。"露丝说。

"上午十点到十一点，我都会在办公室里。请在那段时间过来。"

露丝给办公室打了电话，告诉秘书，她要再多请一天假。

葬礼的事让她筋疲力尽。露丝太过疲惫，不想煮食物，也不想出门，最后选择把行李打开——放好，再从容地泡浴。她躺在齐脖深的温水中，合拢眼睛，唤起对那幅美洲豹图画的记忆。她尝试记起更多细节。画里的美洲豹是在走动,还是静立的?它的眼睛是看向她,还是看向纸面的一端?棕榈树上有没有栖息着鹦鹉?她记不起来。

露丝那晚没休息好。她久久难以入睡,等终于睡着了,她梦见了一排排历经风吹雨打的墓碑,碑上没有名字,也没刻上日期。在梦境里,有块墓碑标识出她儿子的坟墓,可露丝不知道是哪一块碑。

次日早上,露丝驾车行驶在早高峰的车流中。她记起在麻醉剂药效减弱后,她明白自己到底失去了什么,然后让护士把她儿子抱来。她注视着宝宝的脸蛋,那样她也许就永远不会忘却他,她抚摸宝宝和玉米须一样柔软的金色胎发。儿子的眼睛合拢着。不一会儿,护士要把宝宝从她手臂里抱走,尽管动作轻柔,却不容拒绝。护士和医生都很友善,但她晓得,他们现在早已忘记了她的宝宝,他的短暂人生已经和其他数百个在他们眼前降生而又离世的婴孩汇合。她知道,只有两个人记得自己的宝宝,到了现在,就连她也记不清宝宝的模样,理查德肯定也一样。她知道在地球上再也没一个人能说清她儿子的眼睛是什么颜色。

露丝到了动物园,入园售票亭里的女人递给她一张地图,用 X 标出蒂姆罗德博士的办公室所在地。

"你必须从动物园里面穿过去,所以给你一张通行证,"女人说,"以防万一有人盘问你。"

露丝收下通行证,并打开了手袋要掏钱。"我也许要待一阵。"

"没关系。"女人说完,招招手让她进去。

露丝照着地图,路过黑犀牛和大象的围栏,经过失物招领处时,布罗德河距离水泥路只有几码的距离。她经过一座木桥,找到了办公室——是鸟舍旁的一座砖楼。

露丝来早了二十分钟,于是在附近的一张长椅上坐下,虽然她只走了不到四分之一英里的路,并且都是下坡路,可仍旧因疲惫而感到头晕。步行道的另一侧,有一只和露丝住所的起居室一般大小的铁丝笼。笼上的牌子写道:安第斯秃鹰是世界上体型最大的飞行鸟类,和它的美国亲戚一样,安第斯秃鹰也无法发声。

秃鹰栖息在一棵枝叶稀少的树上,脑袋和脖子上布满皱纹。秃鹰展开翅膀时,露丝不禁琢磨起这只铁丝笼怎么能关住它。她垂下目光,转而望着面前走过的游客。她的胃部抽紧了,她突然想到自从昨天中午起,她就没吃过一点儿东西。

她正打算去找家饮食摊,却突然看见了一个小孩。一个身穿牛仔裤和蓝色 T 恤衫的女人像拉囚犯一样拉着小孩,两人的手腕被一条白色塑料绳系在一块。当他们在露丝和秃鹰面前经过时,露丝专注地凝视小孩的蓝色眼睛、金色头发和没有笑容的苍白脸庞。她估测了男孩的身高和体重,同时摸索着打开手袋搭扣,翻找传单,直到她找到自己要找的那张。她看了一下,确信传单上的男孩就在眼前。她合上手袋时,女人牵着男孩正要走过木桥。

露丝立刻站起身打算跟随其后,但整个世界一下子变得模糊了。关着秃鹰的铁丝笼摇摆起来,仿佛即将破裂。她用没有拎包的手按住长椅,片刻后,她恢复了平衡,但女人和男孩已经消失在视野之外。

露丝开始快步走,随后变成了奔跑,手袋一下下打在她的腰际,她手里攥着传单,宛如短跑选手握着接力棒。她穿过木桥,最终找到了女人和男孩,他们就站在黑犀牛的围栏前。

"请您报警,"露丝对失物招领处的小年轻说,"那个孩子,"她一边说,一边大口喘气,同时手指那个男孩,"那个孩子是遭人拐走的。请赶快,他们就要离开了。"

小年轻一脸怀疑地看着露丝,不过仍然拿起了电话,让保安过来。露丝赶到女人和孩子前面,站在他们和动物园出口中间。她不知自己要说些什么、做些什么,只知道自己不会让他们从她身边过去。

可女人和孩子并没打算离开,很快露丝就看到失物招领处的小年轻带着两名身着灰色制服的保安朝她奔来,两名保安的屁股后面都插着枪。

"就在那儿。"露丝喊道,同时一边走向小孩,一边指着他。露丝和保安逐渐逼近时,穿着蓝色T恤衫的女人和那个男孩转过身,面朝他们。

"这是怎么回事?"女人质问道,男孩紧紧抓住女人的腿。

"您瞧。"露丝说话的同时,把传单塞入年纪较长的保安手中。他看了一眼传单,又看向男孩。

"这是怎么回事?你们在做什么?"女人再次问道,此时她的嗓音有点失控。

男孩一边呜咽,一边依然紧抓着女人的腿。保安抬起头,目光离开传单。

"我觉得他们没相似之处。"保安看着露丝,说道。

他把传单递给同伴。

"传单上的这个孩子有十岁大了。"年轻的保安说。

"就是他,"露丝说,"我知道。"

年纪较长的保安注视着露丝,接着看向女人和男孩。他似乎拿不准下一步该做什么。

"女士,"他最终对女人说道,"如果你能向我出示你和孩子的证件,我们能立刻查清此事。"

"你认为这不是我的孩子?"女人问道,目光并没投向那名保安,而是落在露丝身上。"你是不是脑子有病?"

女人哆嗦着打开手袋，将自己的驾驶证、全家的合影照和两张社会保障卡递给保安。

"妈妈，别让他们带我走。"男孩一边说，一边更用力地攥住妈妈的膝头。

母亲伸手抚摩儿子的脑袋，直到年纪较大的保安把那些证件和照片递回给她。

"谢谢，女士，"保安说，"我为此而道歉。"

"你们都应该道歉，全部都要。"女人说话时，把儿子抱进了怀里。

"我非常抱歉。"露丝赶忙说，可女人早已转过身，向出口走去。

年纪较大的保安冲着对讲机说了些话。

"我当时确信是那个孩子。"她对年轻的保安说。

"是的，女士。"保安应承道，没有正视她的目光。

露丝内心斗争起来，她是该去赴约，还是径直回家。最终，她朝蒂姆罗德博士的办公室走去，这一段都是下坡路，走起来很轻松。

露丝叩响房门时，她在电话里听到的那个嗓音应了声，说让她进去。蒂姆罗德博士坐在一张大木桌后面，除了电脑和电话机，桌上只放了几张纸和一只塞满了圆珠笔和铅笔的咖啡杯。博士身后放着一个书架,上面的书都很厚,有些是皮革封面的。四壁空荡荡,只有一幅放在画框里的画作,那幅画画的是一只栖息在树枝上的长尾鸟,鸟儿黄色的脑袋和绿色的身体让树木熠熠生辉,类似于圣诞树装饰物的效果,画作最下面标着"卡罗来纳长尾鹦鹉"。

蒂姆罗德博士的年纪之轻,让露丝大吃一惊。她本来以为博士头上会有白发、戴着双光眼镜①,身着皱巴巴的西服而非牛仔裤和法兰绒衬衫,更没想到博士的脸上找不到一条皱纹,像青少年一样。他的右手里端着一只保丽龙茶杯。

"我猜你是李兰德女士吧。"

"是的。"她答道,惊讶于蒂姆罗德博士竟然记得她的名字。

他打手势让她坐下来。

"我们的美洲豹搜寻让我昨晚少睡不少觉。"他说。

"我也没睡多少觉,"露丝说,"我很抱歉,让你也没好好睡。"

"别有歉意。我发现在众多动物之中,美洲豹倾向于在夜间活动。要研究一种生物,最好适应它的习惯。"

蒂姆罗德博士从杯子里呷了一口。闻到咖啡味,露丝又感到肚子里空荡荡的。

"昨天我和莱斯利·温特斯聊过了,她从没听说过美洲豹在南

---

① 上半部分为近视镜片、下半部分为远视镜片的眼镜。

卡罗来纳出没过，但她提醒我，她的主要研究领域是大象，不是猫科动物。我和一个正在亚利桑那州野外考察美洲豹的朋友通了话。他告诉我，美洲豹在南卡罗来纳出现的几率，和北极熊在南卡罗来纳出现的几率是一样的。"

"这么说来，美洲豹永远不会出现在这儿。"露丝说道，她琢磨自己脑子里还有多少东西可以相信。

"我是说这个问题依旧有争议。昨晚回家后，我在电脑上做了一些搜索。有些资料说，美洲豹的出没地域曾经包括美国东南部。好几种资料提到了佛罗里达州、路易斯安那州，还有几种资料提到密西西比州和阿拉巴马州。"

蒂姆罗德博士就此打住，从桌上拿起一张纸。

"然后我发现了这个。"

他站起身，把这张纸递给露丝。在纸上，"佛罗里达、佐治亚和南卡罗来纳"这些字下面画着线。

"古怪的是，这一资料来自六十年代早期出版的一本书，"蒂姆罗德博士说，"而不是在更近的资料里。"

"这么说来，大家只是忘记了美洲豹曾在这儿出没过。"露丝说。

"呃，我所做的研究不是特别深入，"蒂姆罗德博士说，"记载资料的那本书可能是错的。就像我说的那样，那本书不是最新的资料。"

"我相信美洲豹曾在这儿出没过。"露丝说。

蒂姆罗德博士笑着从保丽龙茶杯里又啜饮了口咖啡。

"现在你为自己的信仰找到了一些支持。"

露丝折好那张纸，放进手袋。

"我想知道，它们是何时从南卡罗来纳消失的？"

"我不知道。"蒂姆罗德博士说。

"这些鸟呢？"露丝边问边指着墙上画中的鹦鹉。

"比你所想的要晚。在十九世纪中期，南卡罗来纳依然有大量这种鹦鹉。奥杜邦①说过，卡罗来纳长尾鹦鹉寻找食物时，田野看上去就像是一张斑斓多彩的地毯。"

"这种鹦鹉后来怎么样了？"

"农民不愿和鹦鹉分享庄稼和果树上的果实。单单一个下午，一个拿枪的农夫就能杀掉一整群鹦鹉。"

"这怎么可能？"露丝问道。

"这确实很不可思议，但卡罗来纳长尾鹦鹉不会抛弃同伴。"

蒂姆罗德博士转身对着书架，取下一卷书，重新坐下。他翻过书页，找到了自己要找的东西。

---

① 约翰·詹姆斯·奥杜邦(1785—1851)，美国画家和博物学家，其绘制的鸟类图鉴被称作"美国国宝"。

"这是十九世纪一个名叫亚历山大·威尔逊的人所写的,"蒂姆罗德博士说道,随后就开始念诵,"'有好些鹦鹉被枪射下,其中有些只是受了伤,而整个鸟群不断地绕着那些被打中的同伴盘旋,接着又落在一棵矮树上,距离我站立的地方只有二十码。每次连续射击后,尽管都有一批鸟儿如雨般落下,可幸存者对同伴的感情似乎有增无减,因为在盘旋数圈后,它们再一次地飞落到我附近。'"

蒂姆罗德博士从书上抬起了头。

"'幸存者对同伴的感情似乎有增无减。'"他轻轻念道,"这是一段非常让人心碎的文字。"

"确实,"露丝说,"确实如此。"

蒂姆罗德博士把书放到桌子上,看了一眼手表。

"我有一个会要开。"他边说边站起身。博士绕到书桌前,伸出手。"祝贺你。你也许是站在了南卡罗来纳州美洲豹研究的前沿。"

露丝握住博士的手,这只手比她预想中的要强壮有力得多,老茧也更多。蒂姆罗德博士打开了房门。

"请您先走。"他说。

露丝两只手按着椅子扶手,徐徐站起身,步入室外灿烂的五月上午。

"多谢您,"她说,"多谢您的帮助。"

"祝你的研究成功。"蒂姆罗德博士说道。

博士转身离开了她，沿着小径走了。露丝目送他，直到博士转过一个弯，消失不见。露丝沿另一条路走开。走到布罗德河与步行道最近的地段时，她停了下来，坐在路边的长椅上。她望着河水，望着远处的河岸，哥伦比亚市的天际线在树林上方升起。

高楼大厦像沙子一样粉碎了，转瞬间便被风吹走。绿黄相间的鸟儿飞翔于天空。在鸟儿下面，野狼和野牛把脑袋探进流动不息的河水里。从对岸的远处，一根树枝朝着她升起，仿佛是一只向外伸出的手。树枝上栖息着一只美洲豹，与它生存的环境完美地融合在一块，露丝每一次眨眼后，美洲豹都会消失。一次接着一次，越来越难以辨认出这只美洲豹，最后，露丝知道，假如自己再次合上眼睛，那只美洲豹会永远消失踪影。她的眼前模糊了，可她依然紧紧凝视着。在她的体内深处，有样东西挣脱了束缚。露丝在长椅上躺下，把脑袋搁在前臂上。她合上了眼，睡着了。

## 炽焰燃烧

在两周内发生三起火灾后,电视和广播上的舆论不再将火灾的起因归结为露营者的疏忽大意。不会连续发生三起火灾,国家公园的负责人说,仅有几英亩[①]的林地着火,这种事不亚于奇迹,而随着干旱无雨的日子逐渐增多,不太可能再次发生这样的奇迹了。

玛茜听了中午的天气预报,然后关掉电视,走到室外的门廊上。她眺望了一眼天空,各种征兆都印证了天气将愈来愈炎热和干燥的预报。天气预报员说,这会是十年内最严重的旱灾,他同时还调出了一张过去十年八月份降雨量的图表。好像玛茜需要看着这张图表,才知道干旱就在眼前似的。玛茜需要做的,就是看一眼藤蔓上挂着的瘪塌塌的番茄,还有又薄又脆、颜色灰白如黄蜂窝的玉米皮。玛茜走下门廊,拉了一根水管进了花园,绿色的橡皮水管是田地里唯一一抹绿色。玛茜打开水龙头,看着水花溅在泥土上。虽然

---

① 一英亩约合 0.4 公顷。

很绝望，可玛茜依然在田地里慢慢走了一圈，捏住水管金属嘴往下的一截，仿佛手里攥着一条伺机咬人的毒蛇。玛茜给地浇完水后，又抬头望了眼天空，随后便进了屋。她想起了卡尔，思忖他是否又要迟回来了。她想起了卡尔放在衬衣口袋里的打火机，那是玛茜在加特林堡买给他的结婚礼物。

玛茜的第一任丈夫亚瑟两年前死于心肌梗塞，教堂里的男性教友们在第二个星期便聚到一块儿，在山脊上砍倒了一棵白橡树。他们把这棵大树劈成柴火，一层层堆在她家的门廊上。他们这么做，更多的是出自对亚瑟的尊敬，而非对她的关心，或者说，这是第二年九月那些男人未再出现时，玛茜自己所领悟到的真相。显而易见，教堂以及它所代表的社区认为，比起这个寡妇来，其他人更需要他们的帮助，毕竟寡妇的丈夫留给了她一片五十英亩的土地、一栋钱款付清的房屋，还有银行里的存款。

这时，卡尔出现了。听说你可能需要雇人砍些柴火，他是这么对玛茜说的。可当卡尔踏上门廊时，玛茜并没有打开纱门的门闩，甚至在卡尔解释说是牧师卡特建议他来的之后，玛茜也没有开门。卡尔后退到门廊边沿，深蓝色的眼眸低垂，那样就不会与玛茜的视线交汇。玛茜心里明白，卡尔是想让她安心，让自己显得对她这个独居女人不那么具有威胁性。这也正是许多其他男人不会做的事情,那些男人甚至不会想到要这么干。玛茜问卡尔要电话号码,卡尔给了她一个。如果我需要你帮忙,明天我会打电话给你,她说完后,注视着卡尔驾驶一辆破旧的黑色皮卡车离去,车厢里的一把链锯和一个五加仑红色汽油罐发出磕碰的响声。玛茜等卡尔走了后,就给牧师卡特打了去了电话。

"他刚刚迁居到这儿,是从南面的沿海地区来的,"牧师告诉玛茜,"一天下午,他到教堂来,说他干活很卖力,只要一般性的报酬。"

"这么说,你对他一无所知,就派他来我这儿?"玛茜质问牧师,"况且我孤身一人居住。"

"奥泽尔·哈珀想要砍几棵树,我派卡尔去了,"牧师卡特回答说,"他还帮安迪·韦斯特砍过树。他们俩都说卡尔干活很棒。"牧师停顿了一下。"我想,他到教堂来询问工作,本身就说明他有可取之处。他举手投足间也极有风度。总之,就让他用工作来证明他是怎样一个人吧。"

玛茜那晚就打电话给卡尔,告诉他,他被雇用了。

玛茜关上水龙头,最后望了一眼天空。接着她走进屋,列购物清单。当她驾车经过半英里长的土路时,汽车屁股后面跟着一股红色尘土。一路上,她开车经过两栋别墅,这两栋别墅的主人都是佛罗里达州人，他们在每年的六月到这里避暑，住到九月份再离开。等他们搬进来后，玛茜会端着自家烤制的馅饼，步行走过这段土路。那些佛罗里达来的居民会早早地站在家门口，以勉强的表情收下玛茜的这份欢迎礼物，却并不邀请她进屋。

玛茜左拐驶上一条沥青马路，汽车收音机调在本地电台上。她驾车驶过几块玉米地和烟草地，田地里的庄稼和她家花园里的情况一样，都蔫巴巴的。很快，她就开车经过约翰尼·拉姆齐的农场，看见了几头原本属于她家的奶牛，那是亚瑟过世后她转让给约翰尼的。道路随后分岔，经过霍尔库姆·普鲁伊特的农场时，玛茜望见一条黑色的蛇垂挂在铁丝篱笆上。这条黑蛇放在那儿，是因为老一辈的农夫相信，这么做会求来雨水。玛茜孩提时，她父亲称这是愚蠢可笑的迷信，可在一次几乎和眼下一样严重的旱灾发生时，父亲也杀了一条黑蛇，放在栅栏上，再跪在蒙受旱灾的玉米田里，乞求会听他祈祷的不知何方神灵给降些雨水。

玛茜并没有怎么听电台的广播，现在热线节目里正在采访本地社区学院的一位心理学教师。那个男人说，根据统计分析，纵火者是个孤独的男性。他解释说，有时候纵火这一行为能给人带来性满足，也可能纵火者无法以某种行动之外的方式与他人沟通，在本例中，便是破坏性的行为；或者纵火者只是喜欢注视火的燃烧，这几乎可被称为"美学反应"。教师最后总结道，纵火者经常有强迫症状，所以除非他被抓获，或是天开始下雨，不然他是不会停止纵火行为的。

就在这时，那个念头钻入了玛茜的脑海，就像一直系在水下的某件东西终于挣脱了束缚，浮上水面。玛茜告诉自己，你想到的可能是他的唯一原因，是因为别人让你相信，你配不上他，你不该拥有一丁点儿快乐。没理由想这种蠢事。可玛茜很快就想起了一个细节。

玛茜想起了四月份她和卡尔在加特林堡度过的只有一个晚上的蜜月。她和卡尔下榻的旅馆房间紧挨一条溪涧，在房间里能清晰地听见流水声。次日早晨，他俩在一家烤薄饼屋里吃了早餐，随后在镇子里散步，逛了一下商店，在此过程中玛茜一直都紧握卡尔的手。对于一个几乎六十岁的女人来说，这种举动也许是愚蠢的，可卡尔似乎并不介意。玛茜告诉过他，她想给他买件东西，他俩逛到一家名叫"乡村绅士"的商店门前，她带着他走进这家仿木屋装修的店面。你自己选，她告诉卡尔，于是卡尔仔细看了玻璃柜台，里面放着各式各样的皮带扣、便携小刀和袖扣，他的目光最终流连在一盘打火机上。他询问店员，想看其中几个打火机。卡尔把那些打火机的盖子打开又合上，拨动打火轮，招来火焰，最终他挑中了一只金属外壳上有景泰蓝老虎图案的打火机。

在杂货店里,玛茜取出了购物清单和一支钢笔,从货架间走过。星期一下午是购物的好时间,玛茜认识的多数女人都会在一星期快要结束的时候去商店。玛茜的推车很快就装满了,她推着车到了收银台。只开放了一个收银台,收银员是芭芭拉·哈迪森,一个与玛茜岁数相仿的女人,也是整个席尔瓦最爱说道是非的女人。

"你的女儿们好吗?"芭芭拉一边问,一边扫描了一罐豆子,再把它放到传送带上。玛茜知道,芭芭拉是故意慢慢来,好让自己有更多聊天的时间。

"挺好的。"玛茜说,可实际情况是她已经有一个多月没和女儿说话了。

"这肯定很难受,女儿们都住得那么远,很难见到她们和外孙、外孙女。我要是没法至少一周见上他们一次,肯定不知该怎么办。"

"我们每周六都会通电话,所以我了解他们的近况。"玛茜撒了个谎。

芭芭拉又扫描了些瓶瓶罐罐,同时嘴里唠叨着她的想法。她认为纵火者是一个在家禽屠宰厂工作的墨西哥人。

"在这儿长大的本地人不会干出这样的事。"芭芭拉说。

玛茜点点头,几乎没在听芭芭拉唠叨。相反,那位心理学教师说的话在她的脑海里反复响起。她想起了卡尔有些日子里对她说的话不会超过几句,据玛茜所知,他对别人也是如此。她想起卡尔独自一人在门廊上坐到天黑,留她在房内看电视。尽管卡尔吃完晚饭后会吸上几支烟,可当玛茜朝窗外望去时,有时见到卡尔握成杯状的手里,有一点儿光亮在闪烁,他把打火机举在面前,仿佛那是一支指引方向的蜡烛。

芭芭拉将一瓶染发剂对准条码扫描仪,购物推车里差不多就全空了。

"有一位像卡尔这样强壮又年轻的丈夫,有时肯定让人有点儿不安吧,"芭芭拉说道,声音响得足以让负责把商品装袋的小伙子听见,"我儿子伊桑有时就看见卡尔下班后出现在伯勒尔开的酒吧。伊桑说,负责吧台的那个女孩有时试图挑逗卡尔,言语很过分。当然,伊桑说卡尔从来没有回应女孩的挑逗,只是一个人坐在吧台边,喝一杯啤酒,酒杯一空就离去,"芭芭拉终于把那瓶染发剂放到了传送带上,"几乎没关注过那个姑娘。"芭芭拉补充了一句,又顿住了,"至少伊桑在酒吧时是这样。"

芭芭拉在收款机上得出总账,把玛茜的支票放进收银机。

"祝你下午愉快。"芭芭拉最后说道。

开车回家的路上,玛茜回忆起当初卡尔将柴火砍好、整齐地堆叠起来后,她又雇用他做了其他的活——修理地板下陷的门廊,接着建造一间小型车库——都是些亚瑟假如还在世的话会干的活。玛茜窥视窗外，注视着卡尔干活，赞赏他工作时专注的模样。卡尔似乎从不感到厌倦或者分心。他不会带一台收音机来帮助消磨时间，只会在吃完饭后吸点烟，用手卷出一支香烟，动作中透出的一丝不苟和耐心，和他测量裂口或堆起一捆捆的柴火时一样。玛茜羡慕卡尔孤身一人时的闲适状态。

他们的相爱始于几杯咖啡，接着便是玛茜烹制了一桌家常菜，卡尔也愉快地接受了邀请。卡尔没有透露多少自己的底细，可随着一天天、一周周的逝去，玛茜了解到卡尔的童年是在怀特维尔度过的，那座城市在北卡罗来纳州的最东面。卡尔是个木匠，在房地产市场行情萧条时遭到解雇，他听说在山区有更多的工作可找，便一路向西来到这里，他的所有随身家当就放在皮卡车的车斗里。当玛茜问他有没有儿女时，卡尔告诉她，他从未结过婚。

"从没找到一个肯要我的女人，"他说，"我这人太少言寡语了，我估摸是这原因。"

"对我来说，并不是这样，"玛茜面带微笑告诉他，"糟糕的是，我年纪大得几乎能做你妈。"

"你并不是太老。"卡尔以实事求是的口吻答道，说话的同时蓝色的眼眸凝视着她，脸庞上不见笑容。

玛茜本来期望卡尔是个羞怯、笨拙的求爱者，然而他并不是。

他干活时的专注同样也显露在他的亲吻和抚摸中，体现在他让自己的动作节奏与玛茜相符的做法中。似乎多年以来的寂寞生活令他能更好地用别的方式与人沟通。卡尔和亚瑟全然不同，亚瑟做爱总是很简短，他只顾着自身的满足。卡尔住在席尔瓦郊外一家破败的汽车旅馆里，那里可按小时或按周租房，可他俩从未一起去过那里。他俩总是在玛茜的床上做爱。有时，卡尔会住上整晚。两人在杂货店和教堂出现时，周围总是有窃窃私语和旁人的瞥视。最初派卡尔来找玛茜的牧师卡特，也嘱咐玛茜要"注意行为举止"。到了那时，玛茜的几个女儿也发现了母亲的新恋情。她们从距离北卡罗来纳州有三个州之遥的地方打电话来，说玛茜的行为令她们蒙羞，还坚称她们因为感到太尴尬而不会来探望玛茜，说得好像她们以前经常回家来探望母亲似的。玛茜自此不再去教堂，也尽可能少去镇上。卡尔建造完车库，可他干活的手艺早已名声在外，想要找他干活的人一个接着一个，包括有一支在外地干活的建筑施工队也邀请卡尔加入。卡尔告诉施工队的老板，他更喜欢一个人打零工。

对于卡尔和玛茜的这种关系，玛茜不知道人们都对卡尔说了些什么，但是在玛茜将此事提上台面后，卡尔告诉玛茜，他俩应该结婚。不用正式地求婚，也不用餐厅里的烛光晚餐，只需一份简单的声明。可这对玛茜来说，已经足够了。当玛茜告诉女儿们这一消息时，正如预料中的那样，她们勃然大怒。小女儿甚至还哭了。大女儿问玛茜,她的举止为何就不能与年龄相称呢,她的语气像滚烫的熨斗一样灼人心肺。

一位治安法官宣布玛茜和卡尔结为夫妻后,两人便驾车翻越山岭,到加特林堡度周末。卡尔把他仅有的几样家当搬到玛茜家,随后他们就开始了二人生活。玛茜觉得,如果两人在一起时越是感觉舒适,彼此的交谈也会越多,可现实并非如此。每天晚上,卡尔都会一个人坐在门廊上,或是给自己找点家务琐事做,一些最好是一个人做的事情。他不喜欢看电视,也不喜欢租影碟回来看。晚饭时候,他总是说饭菜味道好极了,并感谢玛茜烹饪了这桌美餐。玛茜可能会告诉卡尔自己白天发生的事情,卡尔总是会彬彬有礼地倾听,发表一点儿简短的评论,表明尽管他寡言少语,但确实在听。可到了晚上,玛茜准备上床睡觉时,卡尔总是会进来。他俩一起躺下,卡尔会转过身,亲吻玛茜,道声晚安,并总是吻在玛茜的嘴上。一周里有三四个夜晚,那个亲吻徘徊不去,继而被褥被重新拉开。做爱完毕,玛茜不会再次穿上睡衣。相反,她会背靠着卡尔的胸膛和腹部,蜷曲膝盖,将整个胴体都叠在卡尔的怀里,让他的双臂紧紧搂住她,让他的体温将她包容。

回到家后,玛茜把买来的食品杂货一一放好,把一大块牛肉扔进锅里,放在炉子上煮。她洗了一大堆衣服,又清扫了前门廊，眼睛一直瞅着底下的道路，看卡尔的皮卡车有没有回来。傍晚六点，她打开电视看新闻。不到三十分钟前，又发生了一起纵火事件。幸运的是，一位徒步旅行者当时就在附近，他望见了黑烟，甚至还看见一辆皮卡车从树林间驶过。他没有记下车牌号码，也没能辨认出汽车的品牌。那位旅行者仅能确认，他看到的是一辆黑色皮卡车。

卡尔一直到差不多七点钟才回到家。听见卡车从道路上驶来的声响，玛茜开始将晚餐端上桌。卡尔在门廊脱下靴子，进了屋，脏兮兮的脸上流着汗水，头发和衣服上沾着星星点点的锯屑。他冲着玛茜点了下脑袋，然后进了浴室。在他冲澡的时候，玛茜走向外面的皮卡车。车厢里放着链锯，旁边的塑料瓶里装着发动机油，还有红色的五加仑汽油罐。玛茜拿起汽油罐，里面空空如也。

除了卡尔和往日一样对晚餐的赞扬，晚餐在沉默中进行。玛茜注视着卡尔，等待在他的举止中发现一丝异常的迹象，一丝焦虑或是一丝满足。

"今天又发生火灾了。"她最终打破了沉寂。

"我知道。"卡尔回答的时候，视线压根没离开餐碟。

她没有问卡尔他是怎么知道的，他那辆皮卡车里的收音机没法正常工作。他可能是在伯勒尔的酒吧听到这条消息的也说不定。

"新闻里说，纵火者驾驶一辆黑色皮卡车。"

卡尔这时抬起头看着她，蓝色的眼睛清澈深邃。

"这我也知道。"他说道。

晚饭后，卡尔照例坐到门廊上，玛茜打开了电视机。她时不时地从正在观看的电影转开视线，窥向窗外。卡尔坐在木制躺椅上，只看得见他的后脑勺和肩膀，几分钟后，卡尔的身体融入渐浓的暮色之中，身影更加模糊。他在眺望大烟山高耸的山岭，玛茜根本不知道他心里在想些什么。卡尔已经吸完一支烟，但玛茜仍然等着看他会不会从口袋里掏出打火机，点着，再凝视火焰。可卡尔没有那么做。今晚没有。等玛茜关上电视，走进卧室时，躺椅发出吱嘎的响声，是卡尔从椅子里站起了身。接着是金属的咔嗒声，卡尔锁上了房门。

卡尔钻进被窝，睡到她身旁时，玛茜继续背朝着卡尔。卡尔靠近了玛茜，将手放在玛茜的脑袋和枕头中间，然后缓缓地、轻柔地转过她的脑袋，那样他可以亲吻到她。卡尔的嘴唇刚拂过玛茜的嘴唇，她立刻扭头，挪动身子，让卡尔碰不到她的身体。玛茜坠入梦乡，几小时后又醒转过来。夜里的某个时候，她又躺在了床中央，卡尔的胳膊环抱着她，两人膝盖相贴，卡尔的胸膛紧靠着她的后背。

玛茜清醒地躺在床上，回忆起了小女儿离开家去辛辛那提（她姐姐也在辛辛那提）的那天。亚瑟曾郁闷地对她说，我猜，现在只剩下咱俩了。玛茜讨厌亚瑟的这句话，仿佛玛茜是他不情不愿接受的安慰奖似的。她也讨厌这句话背后的实情：他们的女儿一直以来都和亚瑟更为亲近，甚至在孩提时也是这样。两个女儿在青春期时，把她们的怨气、牢骚、喊叫和眼泪都发泄在玛茜的身上。母亲和女儿之间无可避免要发生争吵，亚瑟又是家里的唯一一个男性——这肯定是导致现状的部分原因，但玛茜也相信，不同血型的人天生性情就有所不同。

亚瑟希望总有一天，新奇的城市生活会变得暗淡，然后两个女儿能回到北卡罗来纳。但女儿们在北方住下了，嫁人生子，组建了她们自己的家庭。女儿的探望和电话变得越来越少。亚瑟因此伤透了心，但嘴上从来不说。亚瑟似乎衰老得更快，尤其是在他植入一个动脉支架后。手术后，亚瑟越来越少去农场，到最后，他不再种植烟草和甘蓝菜，仅仅养了几头牛。再接着，亚瑟有一天没回来吃午餐。玛茜在牛舍里找到了他，他倒在牛棚旁，手里还握着一根草捆钩。

两个女儿为父亲的葬礼回了趟家，住了三天。女儿走后的一个月里，社区里的邻居或是打电话，或是上门探望，或是端来砂锅菜。再之后，唯一会开到玛茜家门前的便只有邮车了。玛茜从而领悟到，真正的孤独是什么滋味。家在距离市镇足足五英里的一条断头路上，视野里甚至望不见佛罗里达州人买下的别墅。玛茜为房门添置了几把锁,因为晚上的时候她时不时感觉害怕,然而,无论在屋内还是屋外,玛茜害怕的东西并不会有什么差别。她知道等待着自己的是何种未来——孤身一人住在这栋房子里,在寂寞中度过数年乃至数十年,直到最终溘然长逝。

第二天早上大约十点,治安官比斯利登门到访。玛茜在门廊上迎接他。治安官曾经是亚瑟的一位密友,他钻出警车时,视线并没放在玛茜身上,而是瞅着屋顶塌陷的谷仓和空荡荡的牧场,他对新建的车库和不久前重铺过的屋顶也视而不见。治安官穿过庭院,登上门廊,始终没摘下警帽。

"我知道你卖掉了亚瑟的几头奶牛,可我没想到你把它们全卖了。"听治安官说话的口吻,好像这只不过是一句无心之言。

"亚瑟过世后,如果能有人帮我一把,我也许就不用全卖掉了,"玛茜说,"光靠我一个人,养不了。"

"我觉得不是这样,"比斯利答道,过了半晌才重新开口说话,这时他的目光放在了玛茜身上,"我需要和卡尔谈谈。你知道他今天在哪里干活吗?"

"和他谈什么?"玛茜问道。

"纵火的人驾驶一辆黑色皮卡车。"

"这个县里有许多黑色皮卡车。"

"确实如此。"治安官比斯利说,"我正在调查每个开黑色皮卡车的居民,看看他们昨天傍晚六点时在哪里。我估摸着,这样能压缩嫌疑人数。"

"你不需要问卡尔,"玛茜说,"他昨晚是在这儿吃晚餐的。"

"六点的时候?"

"大概是六点,可卡尔五点半就回家了。"

"你怎么这样确信?"

"五点半的新闻刚刚开始播,卡尔正好回家。"

治安官一言不发。

"你如果需要我签什么证词,我会的。"玛茜说。

"不用了,玛茜。没这个必要。我只是过来调查一下开黑色皮卡车的居民。要调查的人名单可长呢。"

"不过我敢打赌,你首先就奔这儿来了,对吧?"玛茜说,"因为卡尔不是本地居民。"

"我确实首先就奔这儿来的,可我有理由,"治安官比斯利说,"你和卡尔开始交往的时候,牧师卡特让我调查一下他,只为了确认他是个正派人士。我给那里的治安官打了电话,结果发现,卡尔十五岁时,和另一个少年因为焚烧一块球场后的树林而遭到逮捕。两个少年宣称这是一场意外,可法官并不买账。他俩差点被送到少年教养所。"

"这儿也有干过那种事的少年。"

"是的,确实,"治安官说,"卡尔的档案里只有这条犯罪记录,除此之外,甚至连张超速罚单都没有。不过,昨晚纵火发生时他在这儿,这对他来说是有利的。"

玛茜等待治安官离去,可他仍没有走的意思。比斯利掏出一块脏兮兮的手绢,擦拭额头。玛茜猜测治安官大概是在等她递上一杯冰茶,但玛茜并不打算那么做。治安官放好了手绢,抬头看了一眼天空。

"你不得不想啊,老天至少可以下一场午后的雷阵雨吧。"

"我还有别的事要做。"玛茜一边说,一边伸手摸向纱门的把手。

"玛茜。"治安官此时的语气变得温和多了,于是玛茜转过了身。治安官抬起右手,手掌张开,仿佛是要递给她什么东西,但他随后又放下了手。"你是对的。亚瑟死后,我们应该多为你做点事。我很懊悔。"

玛茜打开纱门,走了进去。

卡尔回到家后,玛茜对治安官的登门到访只字不提,那天晚上睡在床上时,卡尔又转过身,亲吻了她。玛茜碰触他的嘴唇,伸手抚摸他的脸颊。她的另一只手放在卡尔的腰背部,指引他的身体抬起、再压在她的身上。完事后,玛茜清醒地躺在床上,感觉卡尔呼出的气吹在她的后脖子上,他的手臂紧紧搂住她的腰腹部。她凝神倾听,想听到远处传来的第一声轰鸣的雷声,可只听到昆虫撞击在纱窗上的刺耳响声。玛茜已经有几个月没去教堂,更有好几个月没有向上帝祷告过了。然而,她现在却要衷心地祈祷。玛茜将早已合上的眼睛闭得更紧,试着在内心开启一片空间,向上帝奉上她既畏惧又企盼的一切,凭借她的热忱,她一定会被上帝听见。她祈祷能下一场雨。

II

## 回　家

（谨以此文纪念罗伯特·霍尔德）

　　那天车开到夏洛特时天就飘着雨。可一直等到巴士吱嘎吱嘎地驶入勒努瓦以北的山区，溅得路上水花四射时，第一片雪花才飘飘荡荡地落在汽车挡风玻璃上，不久便被雨刷抹去。到了此刻，雪已经下了好几个钟头，也不见有打住的迹象。他将旅行包甩到后背上，包里装的头盔砸到肩胛骨，他不由得露出痛苦的表情。颠簸的巴士换成一挡，向布恩驶去。车离去后，唯一的声响便只有水声了。他走到桥上，在新河的分流口流连了片刻。河堤上的积雪使河水更显深沉，仿佛静止了一般，就像是水井里的水。沿着霍尔德分流向下流过一段距离，河流便开始流到他家族的土地上，随后汇入更大的河流中。他走下桥时，用右手把夹克衫的翻领紧紧按在脖子上，踏上了前往戈申山的两英里路程。

　　他寻思着，在过去的两年里，他有多少次在脑海里遐想自己踏上这段路程。有六百次，也许更多？在那些个夜晚，他清醒地躺在帐篷里,赤裸的胸膛上沁着汗水,零星听到狙击枪发出的枪声和迫击炮弹呼啸破空的响声,还有便是昆虫的嗡嗡声。因为他知道,海洋、溪涧与河流一样,都有水流,于是他幻想一滴水从北卡罗来纳州的家乡一路穿洋越海,流进南太平洋湛蓝的海水中。他会追寻着那滴水,回溯到它的源头——得穿越太平洋,然后经过巴拿马运河,接着穿越墨西哥湾,进入密西西比河,再到俄亥俄河,紧接着汇入新河,然后是新河的分流口,最终流入霍尔德分流。有时候,他没能将这一路的回溯进行到底。在遐想到祖父口中所称的布恩公路和他家农庄之间的某个地方时,他就坠入了梦乡。

雪花黏附在他的睫毛上。他摇晃着抖掉雪花,把夹克衫的翻领摁得更紧。天色渐黑,他低头看了一眼手腕,忘记自己的手表早就没了,不知是在从菲律宾到北卡罗来纳的哪个地方丢了,还是被人偷走了。他穿过以前和阿贝叔叔一起抓兔子的牧场,又穿过叔叔的农庄,从六月起就没再用过的拖拉机停在谷仓里。窗户内没有漏出亮光,婶婶肯定是到布恩和女儿住一块了,要等到天气暖和后才会回来。现在小河就在路边流淌,可表面结的一层薄冰令流水声蒙混不清,和积雪减轻了他的脚步声是一个道理。这个世界无比安静,很像日军狙击手从那棵棕榈树后面朝他开枪后的那一刻。

那一刻,他没有听见枪声,只是感觉到了——就像是一个金属拳头击打在头盔一侧时的滋味。他被击倒在地，抬起头，看见日本兵正在退出弹壳。尽管头晕眼花，但他还是举起了步枪，等他打完一弹夹的子弹时，握着勃朗宁步枪的手不停颤抖。日军的狙击手被击倒在棕榈树下，后背着地，上衣前襟鲜血流成一摊。日本兵没有试图爬起身，而是缓缓举起右手，从上衣下面掏出一条细细的银项链。他摸了摸项链上挂着的东西，好像只是想确定那东西还在，接着右手就落在地上。卫生员彼得森曾说过，日本人只崇拜他们的天皇。他相信彼得森的话，因为彼得森念过大学，战争结束后会当一名医生。然而，他现在发现彼得森说错了，因为那名中枪的日本兵的项链上挂着的，是一枚银质十字架。

垂死中的日本兵说话了，声音听上去没有愤怒也没有藐视。这个时候，班里的其他人都围在日本兵身旁。彼得森单膝跪地，拉开日本兵的上衣，察看伤口。

"他说了些什么？"他问彼得森。

"我要能知道就见鬼了，"彼得森答道，"大概是想要喝水。"

他刚要把自己的水壶递给彼得森，日本兵却恰好断了气。彼得森从尸体脖子上扯下那条十字架项链。

"山里人，他是你干掉的，"彼得森一边说，一边将十字架项链递给他，"这是银子做的。你拿它能换几个美元。"

看到他露出犹豫表情，彼得森笑了。

"如果你不想要，我就拿了。"

他这时才接过了项链。

"我没检查他的口袋，"彼得森起身时说，"你可以亲自检查一下。"

彼得森和班组里的其他人走向几棵棕榈树下的阴凉地。等众人走开后，他跪在日本兵旁边，背朝其他人。

"有收获么？"等他回来时，彼得森问道。

"没。"他说。

雪下得更大了，道路转弯的地方形成了雪堆。飞雪让视野模糊，与其说是靠视力，还不如说他是在凭借着记忆摸索前行。路向右一拐，坡度立刻变得陡峭起来。现在他大口喘气，不适应山区稀薄的空气，仿佛每朝戈申山方向走一步，空气就要稀薄一分。在菲律宾，空气湿润，吸起来感觉像水一般。逐渐暗淡的日光让雪花带上了一抹蓝色。

路又变得平直，透过飞雪和树木，他现在能辨认出黑色的教堂尖顶，随后看清了木制教堂。他走近教堂旁的墓地，绕到后面，靠在铁丝网的柱子上，眺望墓地。他眯缝起眼睛，看见新竖起的墓碑。有那么一会儿，他无法摆脱那种不自在的感觉，仿佛那块新墓碑是他自己的墓碑，仿佛他其实还在菲律宾，幻想出眼前的一切，他甚至可能正处在垂死之际，或者早已死了。可那块墓碑上刻着的，是他叔叔的姓名，而不是他的名字。

他走回到路上，穿过劳森·特里普利特的土地，再走过一座木板桥，小河从桥下穿过，流到小路的左侧。他父亲曾告诉过他，鬼魂是无法跨越流水的。

他知道，日本也有山峦，有些山是那么高，山峰上终年积雪。他杀死的那个日本兵可能就来自那些山上，是个和他一样的农夫，和他一样不习惯喧闹而潮湿的海岛夜晚——在他们所习惯的夜里，只听得见风声。他记得自己跪在日本兵的尸体旁边，手里攥着十字架项链，快速念诵了一段祷告词。接着，他用手指撬开死去的日本兵的牙齿，弄出一道缝，好让他把十字架项链塞在尸体僵硬的舌头上。

他脚步蹒跚地穿过汤姆·沃森的牧场，再走过一段距离，就是他儿时攀爬的那棵大山毛榉树了。雪此刻变小了一些，视野也随之变得稍微清晰。小河流淌在小路旁边，离源头近了，只能算是涓涓细流。

小路最后一次拐弯。在小路右侧，铁丝网圈起的是他家的土地。他走过那片河滩地，再过几个月，他会和父亲在这儿一起种上玉米和甘蓝菜。他幻想着深埋在积雪下的肥沃的黑色土壤，幻想这片土壤又将怎样养育他们埋下的种子。

他走近农庄后,看见了前窗上点着的蜡烛,他知道,一个月以来,家人每晚都会为他点起蜡烛,指引他走完最后几步路。可他现在还不打算进屋,不着急。他走向室外的储藏木屋①,从旅行包里取出头盔。他往头盔里倒满水,畅饮起来。

---

① 在电冰箱尚未诞生前,在室外建造的用来储藏食品的小木屋。

## 进入峡谷

他的姑奶奶就出生在这片土地上,并在这片土地上居住了整整八十年,她像了解她的丈夫与子女一样了解这块土地。姑奶奶一直是这么说的,她能告诉你,哪个星期第一朵山茱萸会在山脊绽放,又是到哪个星期,第一颗黑莓颜色黑透、果实饱满,成熟得可以采摘。说完这些,姑奶奶的思绪就飘荡到了一个她无法追循的地方,带走了她认识的那些人的名字与联系,诸如他们是否还活着,或是否已经过世。可姑奶奶的身躯还留在尘世,灵魂已去,只留下一具空如蝉蜕的躯壳。

对于这片土地的了解,是一项难以消解的记忆。姑奶奶在世的最后一年里,杰西走下校车,常看到姑奶奶在农舍后面的田地里锄草,为她未能有机会种下的庄稼犁地松土,姑奶奶犁出的农田,槽沟总是笔直划一,深浅刚好合适。姑奶奶的外甥,也就是杰西的爸爸,在一块邻近的田地里劳作。最初几次,他总会从姑奶奶的手里夺走锄头,把她带回家,可姑奶奶不久之后又回到了田里。一段时间后,邻居和亲戚们也就任由姑奶奶去锄草了。他们给姑奶奶带来饭菜,时不时就去查看一下。杰西常常快步走过姑奶奶的那块田。姑奶奶从来就不曾抬头看杰西,视线始终盯在锄头刀刃和挖出的黑土上,但杰西总是害怕姑奶奶会抬起眼睛,并向他打招呼,尽管杰西也说不清姑奶奶会对他说些什么话。

然后,三月里的有一天,姑奶奶消失不见了。左邻右舍的男人们搜索了整个下午,直至夜晚,气温一直往下降,天上下起雨夹雪,嘶嘶声像是静电干扰。男人们点着提灯,向峡谷内走去,望过去他们就像是一波向外传播的涟漪。杰西从他家的牧场眺望远处,看着提灯的火苗越来越小,不久便消逝在远方,后来又突然出现,宛若鬼火一般。人们穿过溪流,经过杰西帮爸爸种植的那片西洋参田地,向差不多两百年来都归杰西家族所有的那片土地走去,向姑奶奶的老家、她所出生的地方走去。

拂晓时,他们找到了杰西的姑奶奶,她背靠一棵大树坐着,仿佛是在等待搜寻者的到来。但那还不是最奇怪的事。最奇怪的是,姑奶奶竟然脱下了鞋、衣服和内衣裤。数年之后,杰西在一本杂志里读到,被冻死的人往往会有这样的奇怪举动,因为他们相信是热度而非寒冷在取走他们的性命。那时候,森林已经变成公有,挂着令人恼怒的"不得擅自闯入"的牌子,但在姑奶奶过世后,邻居们很快就找到峡谷以外别的狩猎、捕鱼、采摘黑莓和银禾叶的地方。

许多人相信,姑奶奶的幽魂依然徘徊在那儿,其中也包括杰西的父亲,他从来没回去收获自己种植的那片西洋参。当初国家公园管理局打算收购祖地时,杰西的父亲和姑奶奶将地卖掉了。那还是在一九五九年,政府为一英亩地付六十美元。现在,五十年过去了,杰西站在他家的门廊上,向东眺望桑普森岭,推土机在那儿把森林和草地铲平,准备再修建一个封闭式小区。他琢磨那六十英亩的土地现在得值多少钱。卖个一百万美元是很轻松的事。

并不是说杰西需要那么多钱。他的房子和二十英亩的土地都已经钱款付清,他的卡车也是。烟草地每年的收入越来越少,可对一个子女已经成人的鳏夫来说足够用了。前提是他不用去医院,他的那辆卡车也不出大毛病。他需要有一笔额外的钱,好应付这类情况。用不着一百万,但也得有几万。

于是,两年前的秋天,杰西进入了峡谷,沿着溪流走到祖地,然后爬上山脊北面的林荫地,杰西父亲以前就是在这儿种植和收获西洋参的。当初种下的西洋参还在,显然半个世纪以来都没被人动过。有几株长到了杰西的膝盖高度,而且西洋参的数量比杰西父亲所能想象的还要多,山坡上到处可以看到明黄色的叶子,收获的西洋参将杰西的背包装得鼓胀胀的。收获后,杰西小心翼翼地重新种植了种子,和父亲以前的做法一样,然后便走出峡谷,穿过那扇将车辆挡在伐木运输用道路之外的铁门。附近的一棵树上,钉了一块黄色的马口铁牌子，上面写着"美国国家公园管理局"。

现在，又一个秋天来临了。湿润的秋天，适合西洋参的生长，杰西三天前去查看西洋参时证实了这一结论。他又一次从柴火棚里拿出背包和泥铲。杰西还从卧室抽屉里取出那把柯尔特点三二口径、黑火药填充量为二十格令①的左轮手枪。如果是在一年里更晚些的时候，带枪是为了应付普通的蛇类，但在连续下雨多日后，这个下午暖和得足以吸引响尾蛇或者铜头蛇出来晒太阳。

杰西沿着旧日里的伐木道走着，绿色的背包挂在肩头，左轮手枪塞在背包外面的小袋里。走到下坡路的时候，杰西患有关节炎的膝盖疼痛不已。到了夜里，膝盖痛得更加厉害，即使擦了活络油也一样。杰西不禁想问，他到底还能在这段路上走多少年。到我七十岁吧，他琢磨着，这样自己还要走上两年。因为连日来下雨的关系，土地湿滑，所以杰西走得极慢。在距离人烟这么远的地方，摔断脚踝或者小腿可是严重的事，即使求救也无人听到，但其实不止是因为这个缘故。杰西希望自己能恭恭敬敬地进入峡谷。

祖地进入视野，地势也变得平坦起来，但土地的潮湿程度有增无减，尤其是在溪流紧挨着道路的地方。杰西看到自己三天前留下的靴子印迹。接着他看到另一组脚印，那些脚印沿着伐木道，从另

---

① 一格令约合 0.06 克。

一个方向而来。同样是靴子留下的印迹，但比杰西的脚印要小。杰西向道路尽头望去，但并没见到徒步旅行者或者钓鱼者。他跪了下来，关节发出咯吱声。

脚印显然是至少一天前留下的，也许更早。当这行脚印与杰西之前的脚印相遇时，脚印就停下了，接着足迹也转向了杰西的祖地方向。杰西站起身，再一次环顾四周，然后才穿过枯萎的须芒草和紫泽兰丛。他经过几块堆积起的石头，这儿曾经是一座烟囱，一口枯井上盖了一块锈迹斑斑的马口铁板，铁板更多起到了警示作用，算不上是安全措施。靴子足印至此不再辨认得出来，可杰西知道它们的终点是哪儿。杰西自言自语，是自己领着那个龟孙子到了那块西洋参田，他琢磨自己怎么这么笨，竟然在一个下雨的早晨走这条路。可当杰西到达山脊时，西洋参依旧好端端地在田里，周围的泥土没有被拨弄过的痕迹。大概只是个徒步旅行者，或者是观鸟人，杰西心想道，也可能是无所事事的小孩打算偷采别人种植的大麻，却不知西洋参比大麻值钱多了。总之，他可真他妈的交好运了。

杰西从背包里拿出泥铲，跪在地上。他闻着肥沃的黑土散发出的气息，这种味道总令他联想起咖啡。西洋参比三天前显得颜色更深，果实也更为红艳艳，叶片金黄，仿若涂了一层金子。这总是让杰西惊讶不已，这片极少被阳光照到的土地上，竟然生长得出这样金黄灿烂的植物，就像在洞穴黑漆漆的洞壁上发现红宝石和蓝宝石。他活干得仔细，但也抓紧时间。杰西两年前第一次回到这儿来的时候，曾感到突如其来的寒意，日光有些微的减弱，仿佛一片云朵从太阳上飘过。他那时告诉自己，这纯粹是自己的想象而已，但那也让他劳作得更快，始终没停下来休息。

杰西把泥铲插入松软的土壤，小心翼翼地深插进去，那样就不会伤到西洋参的根茎，然后慢慢让根茎暴露出来。这一株的根茎很大，足足有六英寸长，参须从主根上伸出来，附着黏土，酷似人类四肢的翻版。杰西把泥土刮去，再将根茎放进背包，又小心翼翼地把西洋参的种子埋入土里，确保来年仍然会有收成。杰西然后爬到左边几英尺处，刨出另一株西洋参，他感觉泥土里的湿气渗过蓝色牛仔布，进入他的膝盖。他喜欢和土地如此亲近的感觉，他能嗅到泥土的气息，感觉到泥土粘在手上和进入指甲缝里，和春天他种下烟草幼株时一样。他从收音机里听到的一首歌飘入脑海，那首歌唱的是一个女人想要烧掉整个小镇。他让旋律在脑海里奏起，在他将泥铲插入土中时，他试图回忆起副歌部分。

"你可以放下铲子了，"杰西身后，突然有一个声音说道，"然后举起双手。"

杰西转过身，看到一个身穿灰色衬衫和绿色卡其裤的男子，他的胸口挂了一枚金灿灿的徽章，肩膀上有美国国家公园管理局的肩章。他留着短短的金发，有着一对深色的眼眸。是个年轻小伙子，大概还不到三十岁。一把手枪插在他左臀部的皮套里,安全带打开着。

"别起身。"小伙子再次说道,这回他的声音更响了。

杰西按照他的要求做了。公园巡守员走上前,拿起杰西的背包,又退回原先的位置。杰西看着他打开装着西洋参的口袋,接着是小口袋。巡守员取出了左轮手枪,握在手上。这把枪是杰西的祖父、父亲依次传下来的。巡守员仔细检查了手枪,就像发现了一枚箭头或矛头似的。

"那是为了对付蛇。"杰西说。

"在国家公园里,持有枪支是非法的,"巡守员说,"你已经违反了两项法律,联邦法律。你会为此在监狱里蹲一段日子。"

年轻人似乎还想再说几句话,接着又好像改变了主意。

"这是不对的,"杰西说,"我父亲种下了这块地里的西洋参。假如不是他,这儿根本就不会生长西洋参。至于那把枪,假如我打算侵入公园,我会拿一把来复枪或霰弹枪。"

眼前发生的事情仿佛极不真实。这个世界,杰西所站立的这片土地,仿佛正在他的脚下渐渐蒸发。杰西简直要期望某个人——尽管他也说不清到底是谁——能从树林里钻出来,为刚刚向杰西开的玩笑而哈哈大笑。巡守员把手枪放进背包。他从皮带上拿下对讲机,摁下按钮,开口说道:"他确实又回来了,我逮到他了。"

应答的声音带着噪音,杰西听不太清楚。

"不,他年纪很大,不会带来什么麻烦。我们会在伐木道旁等你。"

巡守员又摁下按钮,把对讲机夹回到皮带上。杰西读着巡守员银色标牌上的名字。巴里·威尔逊。

"你是香脂树山威尔逊家的亲戚吗?"

"不是,"小伙说,"我在夏洛特长大。"

对讲机发出响声,巡守员又拿起对讲机,说了声好,接着将对讲机重新夹到皮带上。

"打电话给治安官阿罗伍德,"杰西说,"他会告诉你,我以前从没惹过麻烦。从没有,甚至连超速罚单都没有一张。"

"我们走吧。"

"你就不能忘记这件事吗?"杰西说,"我又不是在种大麻。有不少人在这个公园里种大麻。我知道这是真事。那比我的所作所为恶劣多了。"

巡守员露出笑容。

"最后我们总能逮到他们的,老家伙,可他们脑袋比你聪明。他们不会蠢得给我们留下脚印,让我们追踪。"

巡守员将背包甩上肩头。

"你无权这样和我说话。"杰西说。

杰西和巡守员之间依然有段不短的距离,但看起来巡守员在考虑后退一步。

"要是你打算给我增添什么麻烦,我会现在就给你戴上手铐。"

杰西几乎就要告诉这个年轻人过来试试,但他让自己看着土地,让自己冷静下来再开口。

"不,我不准备给你增添任何麻烦。"他最终抬起眼睛说道。

巡守员冲着道路的方向点点头。

"那么,我跟在你后面。"

杰西从巡守员身边走过,穿过须芒草丛,又经过烟囱的遗址,巡守员一直跟在他的右边,保持两步的距离。杰西略微地往左转,那样他就会从那口枯井旁经过。接着他停下来回头看巡守员。

"我的那把泥铲,我应该回去拿来。"

巡守员也停下了脚步,正准备回答,杰西却快速上前一步,用两只手将巡守员往井口推。巡守员起先并没掉下去,直到他的两只脚接连陷进锈烂了的马口铁板。在他掉下去的时候,背包从他手上掉落。巡守员并没有整个人都掉进枯井,只是胳膊以下的部分。他用手指甲紧抓着马口铁板,作为支撑,模样像极了一个陷在烂泥中的男人。巡守员的两只手又找到了支撑点,一只手抓着一束须芒草,另一只手攀住铁板锐利的边缘。他开始用力将自己的身体拉扯出来,生锈的铁板割破了他的衣服和皮肤,他不禁露出痛苦的表情。巡守员抬头望着高高在上的杰西。

"你现在犯下了严重的错误。"巡守员一边说一边急喘气。

杰西弯下腰，伸出手，但他没有去握住小伙子的手，而是按住他的肩膀。他用力一推，巡守员整个身体穿过生锈的铁板，掉落下去，双手最后只能攥住一丝空气。当他掉落到枯井的井底时，发出砰的一声，同时还传来骨骼折断的声响。几秒钟后，黑漆漆的井底没再传出其他声音。

背包就躺在枯井边上，杰西一把抓起。他一路狂奔，并非奔着自己家而去，而是向密林跑去。他没再回头看，就这样气喘吁吁地连跑带爬，穿过那片西洋参田，往山脊上而去。杰西周围的树林渐渐稠密，有橡树、白杨，还有一些水毒芹。土壤稀松潮湿，他滑倒了好几次。到达山脊中间时，他停了下来，心脏已经在胸腔里扑通扑通地剧烈跳动。当杰西的心跳平静下来时，他听见一辆汽车从道路上驶过来，是一辆林务局的淡绿色吉普车。从车上下来一男一女。

杰西继续前行，又经过一块西洋参田，大概是父亲最初种下的那批西洋参的后代吧。杰西越快攀至山脊最高处，就能越快越过山脊，向峡谷另一头而去。他的两条腿此刻仿佛灌了铅一般，呼吸异常急促。他最近几年增加的赘肉，从皮带上垂下来，让脚步更加难以迈出。他的脑子已然昏昏沉沉，他一下失足摔倒，又向着山下滑出几码。最后，他稳住躯体，躺在坡地上，胳膊和双脚向外扒开。杰西感觉后脑勺垫着树叶，一颗橡子硌得肩胛骨好痛。在他头顶，橡树的树枝刺破了渐渐昏暗的天空。他记起了一则童话故事，说的是一棵硕大无朋的豆秧，假若能顺着这棵豆秧爬到云朵上去，那该有多方便啊。

杰西抬起身，脸朝着山下，一只耳朵贴在地上，仿佛是要倾听到最细微的脚步声。都是六十八岁的人了，还要这样亡命天涯，真是大错特错。岁数大，本应该让人变得更有尊严，获得别人尊敬。他记起搜寻者将姑奶奶从峡谷里带回来的那晚。男人们脱下他们厚重的大衣，盖在姑奶奶的尸体上，轮流抬她回到了家。他们走进庭院时，一直沉默不语，神情阴郁。女人们将尸体搬进农舍，准备清洗和重新换装。即使在那之后，男人们依然待在姑奶奶家的门廊上。一些人抽起了手卷的香烟，其他人下巴一动一动，在嚼烟草。杰西坐在门廊最低的一级台阶上，偷听大人谈话，他知道大人们很快就会忘记他也在现场。男人们没有说起他们是如何找到杰西的姑奶奶的，也没说起姑奶奶有多少次从自己家走进国家公园。相反，他们谈起了一个通过看夜空便能告诉你明日天气如何的女人，一个直到七十多岁还在礼拜日学校教书的虔诚女人。他们说起姑奶奶的各种故事，讲每个故事时都用极其尊敬的口吻，仿佛杰西的姑奶奶虽然现在死了，但她还会转世成人，做回她真正的自我。

杰西慢慢爬起身。他没有扭到脚踝，也没有摔断胳膊，现在看来，这是他自从跨步进入峡谷以来的第一份好运气。杰西到达山脊最高处时，双脚完全瘫软，他扶住一棵小枫树，缓缓地坐到了地上，透过如同瀑布一般的树林，望着山下。现在驶来了一辆橘色和白色相间的救护车。救援人员围在枯井旁，杰西看不清他们在做什么，但没过多久，一副担架便被抬到了救护车上。杰西离得太远，看不清巡守员伤势如何，甚至不知道他是否还活着。

至少会摔断一条胳膊或一条腿，杰西心里明白，他还试图想出一种会解决麻烦的受伤方式，譬如说，脑震荡让巡守员忘记刚才发生了什么事，或者受伤太重，惊吓让他产生遗忘。杰西让自己不要考虑那根摔断的骨头可能在背部或是颈部。

救护车的后车门从车里面关上，然后汽车转弯驶上伐木道。警笛没有开，但红色的警示灯把树林染成了红色。女巡守员用双筒望远镜搜索山腹，毫不迟疑地扫过了杰西所坐的地方。又有一辆绿色的林务局卡车驶来，从车子上下来两名巡守员。随后是治安官阿罗伍德的警车，和那辆救护车一样未开警笛。

此刻，太阳已经落到克林曼圆顶后面，杰西知道再等下去，只会令逃亡更艰巨。他已经精疲力竭，知觉麻木，双脚不断被树根和岩石绊住，脚步蹒跚，活像喝醉了酒一般。等他走到足够远后，就能走下山脊，登上狭窄的峡谷口。可杰西疲惫至极，不知道怎样在不用休息的情况下继续走下去。他的膝盖骨骼相互摩擦,每次弯下膝盖或者扭到膝盖时,都会发出声响。他大口喘气,却也不顶事。杰西幻想自己的双肺就像个永远没法完全抻开的手风琴。

老蠢蛋。那个巡守员就是这样叫杰西的。杰西无疑是个老人了。每天早晨醒来时,他的身体都会告诉他。他每天早晚搽在关节和肌肉上的活络油,都会让他将自己联想成一台吱嘎作响、被铁锈腐蚀了的旧机器,必须加上润滑油,预热一下,才能发动得起来。他或许真是个蠢蛋,杰西承认道,因为除了蠢蛋,还有谁会让自己陷入这样的困境?

杰西发现了一棵倒落的橡树,便坐了下来,这是个错误,他不知该如何找回再次起身的力气。他透过树林张望山下。治安官阿罗伍德的警车已经开走了,但卡车和吉普车依旧停在老地方。杰西只望见一个人,但他知道还有其他人正在林子里搜寻他。山岭远处,有一只乌鸦叫唤了一声。接着,就没了别的声音,甚至连风声都听不到。杰西拿起背包,一把扔到下面稠密的树林里,看着背包掉到视野之外。丢掉背包损失很大,但杰西不能冒风险,他们可能会搜索他的家。他还想将手枪也扔掉,但这把枪是他爷爷和爸爸依次传下来的。除此之外,就算他们在他的家里找到这把枪,也没证据说明它就是巡守员见到过的那把手枪。他们没有任何真正靠得住的证据。甚至他在峡谷里出现也只是巡守员针对他的证词。当然,前提是他能及时回到家中。

这会儿，夜幕降临得很快，黑暗笼罩在树干和枝叶之间的空隙里。山底下，高亮度手电筒的光束时隐时现。杰西记起姑奶奶葬礼过去两个星期的时候，格雷厄姆·萨瑟兰从峡谷里走出来，身形摇晃，脸庞五色斑驳，不肯透露在峡谷内发生了什么，最后杰西的老爸给他递过去一杯威士忌。格雷厄姆当时在靠近祖地的地方钓鱼，瞥见远处的岸堤上有什么东西，而且只出现了一瞬间。当时是个阳光灿烂的春日午后，峡谷里的天气却突然变得又冷又潮湿。格雷厄姆那时就望见姑奶奶穿过树林，向他走来，双臂展开。她乞求我走到她那边去，格雷厄姆是这么告诉众人的。她没有说话，而是让那股寒意和潮湿触摸我的骨头，我这才感觉到她心中所感。她没有大声地说出来，也许是不能吧，但她的确想让我和她待一块儿。她不想一个人独处。

杰西继续向前走，一直等到找到一个可以下坡的地方才停下来。一道手电筒光束从他下面经过，持手电筒的人融在夜色之中。光线跳动，仿佛是漂在河流之上，而那条河流一路往坡上流去，一直到抵达那扇标志着林务局管辖的土地界限的铁门。此后，光线四处摇摆，又晃回到伐木道上。有人喊了一声，好几只手电筒汇集到一处，有如火光回到了它们的源头。汽车前灯亮起，发动机运转起来，两组红色的尾灯逐渐暗淡，不久便消失在远方。

杰西开始下坡，他的身体向一侧倾斜，一只手靠近地面，以防自己突然滑倒。长得较低的树枝打在他的脸上。重新回到平地上后，杰西静静等待了几分钟，倾听伐木道上有没有传来脚步声或是咳嗽声，也许有人故意留在后面，诱使他出现。夜空里不见月亮，只有几颗星星挂在天上，这点儿星光足以让杰西辨认出人影。

杰西沿着伐木道迅速往外面走。等回到家，你就安全了，他这么告诉自己。他走到铁门旁，从下面钻了过去。那时候，他突然想到也许有人正在家里守株待兔地等他。于是，他向左走，止步在牧场边缘的铁丝网栅栏旁。杰西家里电灯都还关着，和他离家时一样。杰西的手触摸到一根下垂的带刺铁丝，这根铁丝毕竟还在这儿，因为这种熟悉感，他觉得略微有点安心。他正要上前，突然听到卡车驶近的动静，很快又看到卡车前灯的黄色光束越过了桑普森岭。那辆皮卡车驶进停车道，门廊上的电灯亮了。治安官阿罗伍德出现在门廊，手里拿着杰西的一件衬衣。两个男人走下皮卡车，打开车厢门。从车厢里跳下几只猎犬，两个男人握住猎犬的犬绳，猎犬纷纷嗷叫起来。杰西必须回到峡谷里去，而且要快，可他的两条腿突然僵硬得像铁条一样无法弯曲。杰西告诉自己，这只是恐惧而已。他拽住铁丝网生锈的刺钩，然后握紧拳头，直到疼痛让身体重新服帖地听从意志的指挥。

杰西沿着地势从高往下走，又从铁门下面钻回到峡谷里。伐木道变得平坦，杰西看见了祖地上被废弃的烟囱的轮廓。他凑近了些，烟囱变得愈加清晰，变得比周围的夜色还要黑，仿佛是一条进入某个更漆黑的世界的黑暗通道。

杰西从口袋里掏出那把左轮手枪，在手里掂量手枪的分量。假如他们将他连枪带人一并逮住，那只会带来更多的麻烦。将枪扔到远处，那样他们就找不到枪，杰西这么告诉自己，手枪上还留有他的指纹呢。他转过身朝着森林，把手枪用力抛出，虽然使出那么大劲，可手枪几乎是刚出手便落下，只飞出了几码的距离，便砰的一声撞在一棵树上，就算没落在伐木道上，也是在其附近。没时间找回手枪了，因为猎犬这会儿已经到达峡谷口，在猎犬身后，手电筒光束上下晃动着。从猎犬的叫声，杰西听得出来，它们已经盯上了他。

杰西走进了溪流，希望这样或许能让猎犬失去追踪他的线索。假如这招行得通，杰西可以再绕回来，寻找那把左轮手枪。当溪流离伐木道越来越远，流入森林中时，本来就少得可怜的一点点星光变得更加黯淡。杰西撞到了河堤上，跌进较深的水泊里，裤子湿透，靴子和袜子自然也全弄湿了。在他摔倒后，肩膀处也被水弄湿了。

但是，这一招果然管用。猎犬的吠声不久就混乱起来，手电筒的光束不再跟着他，转而从固定的一点扫掠森林。

杰西走出溪流,坐了下来。他冻得直哆嗦,脑海乱如麻,每一个念头都滑向恐慌的一端。他把皮靴里的水倒掉时,记起了从他家直接通向西洋参田的那行靴子印迹。他们肯定有办法将皮靴与足迹进行对比,还不一定需要鞋子尺码和材质。杰西曾经在一部电视剧上看到过,警方甚至能将鞋底磨损的部分与足迹进行对比。杰西于是把袜子塞进靴子,然后将它们一起扔到黑暗处。和那把手枪的遭遇一样,靴子没飞出多远就撞上了某样硬物。

杰西费了好长时间,才找到了旧的伐木道,当他最终脚踩在旧伐木道上的时候,却迷失了方向,拿不准该朝哪儿走。杰西走了一会儿,到达了公园里的一处露营场,这意味着他弄错了方向。他转身朝另一个方向走。等他最终回到祖地时,感觉过去了好几年。在祖地和铁门之间,此刻生起了一堆篝火,火光明亮,追捕杰西的人员围在篝火旁。手枪就躺在他们附近的某个角落,也许早已经被他们发现了。几条猎犬汪汪吠叫,急切地想要再次追踪杰西,但搜寻队员们显然已经决定等到天亮再继续搜索。尽管杰西与他们隔得太远,听不见他们在说什么,可他知道,他们会用闲扯聊天来打发时间。他们大概随身带着食物,或许还有咖啡。杰西意识到自己如此口渴,想要回到溪流旁喝点水,可他实在是太疲倦了。

杰西穿过祖地的边沿,到达了森林边,也就是种着西洋参的地方,一路上的露水打湿了他的赤脚。杰西坐了下来,仅仅几分钟后,他就感觉夜晚冷飕飕的寒意将他包围。电台预报过,今晚有霜冻警报。他想起了姑奶奶如何褪下身上的衣服,尽管有科学上的解释,可在杰西看来,在最后时刻,姑奶奶放弃了她曾经拥有的一切。

杰西眺望东方的天空。他感觉自己仿佛连续一个星期的夜晚都在奔跑,但他看见星星尚未开始变暗。距离远处的山脊线出现第一抹粉红色的朝霞还有一段时间,或许是几个小时吧。黑夜还要流连很久,久得让人不知将要发生什么。就这样,杰西在黑夜中等待着。

## 坠落的流星

她不明白，星期一和星期三晚上她跨出家门的时候，我有什么感受。她不知道我是如何坐在黑漆漆的屋子里，表面上在看电视，实际上却一直支起耳朵听她开车回家的动静。她也不明白，我要听到雪佛兰驶上停车道的声响，才敢确信她已然回家。回家后的妻子愈来愈不像以前的她，现在的她在查看贾妮后，便将书本摊开在厨房的餐桌上，她还不如依旧留在那所大学里，因为她的心思全放在了所学习的东西上。我抚摩她的脖颈。我说，也许我们今晚可以早点儿上床。我告诉她，比起研究什么劳什子旧书，世上有许多更好的事情可做。她明白我的意思。

"我得看完这一章，"琳恩说，"之后也许可以。"

但那个"也许"并未成真。我孤零零地钻进被窝。浇筑混凝土是适合年轻人干的活计，而我已经不复年轻。我需要充足的睡眠，我只有这样才能撑下去。

某天下午，我正大口地喘气，好让自己恢复点儿力气，一个黑人小伙子冲我说道:"博比,你年纪越来越大了,最好给自己找一份清闲的差事,比如帮厂家测试安乐椅质量什么的。"

在场的众人听到这话,都哈哈大笑起来。连工头温切斯特先生也和他们一道笑出声来。

"老博比还有些力气没用尽呢,对吧。"温切斯特先生说。

他说这话时,表情是笑眯眯的,可声音里透着一股严肃劲儿。

"是的,先生,"我说,"我还没用出自己的第二份力气呢。"

温切斯特先生再次笑出声,可我知道,他已经紧紧盯住了我。等我完成不了自己的那份活,他一定会毫不犹豫地解雇我。

琳恩通宵看书的那些晚上,我没有立刻入睡,尽管一天工作下来,我累得精疲力竭。我会躺在黑漆漆的卧室里,回想琳恩当初萌生重新回大学读书的念头时说过的话。你应该为我感到骄傲,因为我想要靠自己做成一件事情,她那时说道。"博比,你这一辈子一事无成,但这并不意味着我会落得同样的命运。"

我又回想起她以前对我说过的另一些话。那是在我俩高三那年的圣诞节。琳恩的父母和兄弟最终都进屋睡觉了,我和她躺在沙发上。我早已打开了琳恩送给我的礼品盒,盒子里装了一件她送我的毛线衫。我从裤子前袋里掏出戒指,把它递给琳恩。我试图表现得随意而自然,却感觉到自己的手掌在颤抖。我俩早就谈过结婚的事,可结婚仿佛一直都还很遥远,得等我找到一份好工作,等琳恩再上点儿学。可我已经不愿等待那么久。琳恩把戒指套在无名指上,戒指上的钻石只有四分之一克拉大小,可琳恩没注意到。

"戒指很漂亮。"琳恩说。

"这么说来,你会嫁给我吧?"我问道。

"当然,"她告诉我,"这就是我想要的,嫁给你是我最想要做的一件事。"

就这样,我躺在卧室里,回忆往事。尽管此时此刻我离琳恩不过十英尺的距离,却仿佛有一面硕大无比的玻璃门拦在我和厨房里那张餐桌中间,并在琳恩的那侧上了锁。尽管我感觉与她如此之近,我俩却仿佛居住在两个国度。我听说,钻石能切开玻璃,然而到了眼下,我已经不那么确信。

一天晚上,我梦见自己往下坠落。我的周围到处都是树枝,我却一根也抓不住。我就这么一直往下掉。等我从梦中惊醒时,全身大汗淋漓,急喘着气。心脏扑通直跳,仿佛成了一头野兽,一心想要从我的胸膛里挣脱出来。琳恩躺在我身旁,酣睡的模样仿佛这世上再没有什么事能让她牵挂。我看了一眼时钟,离闹钟铃响还有三十分钟。可我无论如何也睡不着了,于是干脆穿上工作服,走到厨房间为自己冲泡了一杯咖啡。

琳恩的书依然放在餐桌上,都是一些厚重的书籍。我翻开最薄的一本,书名叫作《今日天文学》。我稍微读了些,一点儿都看不懂。虽然有些单词我认识，却不理解它们在书里的意思。对于我来说，这些单词就像在书页上爬来爬去的蚂蚁。可琳恩懂得这些词汇的意思。她一定懂的，因为她每门考试都拿到了A。

我的手触摸到了口袋里的打火机，心忖着书是多么容易烧着的东西啊。我揣想，只需五分钟，这些书就会化成灰烬，再也没人读得懂的灰烬。我趁自己还没细想这个念头太久，及时地抽身离开。我查看了一下贾妮，这孩子经常会把被子踢下床。尽管她上二年级已经满一个月了，可距离我们把她从医院抱回家，感觉像是只过去了一个月。老爸过去常说，时光飞逝，远超你的预期，我现在渐渐感悟到这句话里蕴含的真理。小贾妮的个子每个月仿佛都会蹿高一英寸。

"我现在是个大女孩了。"贾妮会这么告诉她的奶奶，总会惹得奶奶开怀大笑。今年开学的时候，我送贾妮上学，她已经不像一年级开学时那样了，当初我和琳恩把她留在学校里的时候，贾妮的号啕大哭曾让我撕心裂肺。这次开学时，贾妮很兴奋，迫不及待地想见到她的小伙伴。我握着她的手，步入教室。教室里，其他学生的父母也在走动，学生在寻找写有他们姓名的书桌。我相当仔细地审视了一圈教室。教室的一面墙上有个黄蜂窝，后面的鱼缸里冒着水泡，鱼缸旁边摆放了一个蓝色的地球仪，就像我二年级教室里的地球仪。教室门上用绿色的大字写着："欢迎返校！"

"你得走了。"贾妮松开我的手,说道。

直到这时,我才留意到其余的父母早已离去,所有的孩子都坐在他们的书桌后面,唯独贾妮是个例外。那晚,我在被窝里告诉琳恩,我想我们应该再生个孩子。

"我们的条件,只能让眼下这个孩子衣食无忧。"琳恩抛下这句话,便转过身,背朝着我睡去了。

我没有琢磨好几个星期才决定做这件事。我没有给予自己充分的考虑时间,让自己琢磨明白这其实是个坏主意。与之相反,一等琳恩的车子驶离车道,我就把贾妮的睡衣和牙刷打好了包。

"你今晚要睡在奶奶家。"我告诉贾妮。

"上学怎么办?"贾妮说。

"明早我会过去,送你上学。再把上学要穿的衣服给你带来。"

"爸爸,我一定要去奶奶家吗?"贾妮说,"奶奶会打鼾。"

"别再争辩了,"我告诉女儿,"穿上鞋子,我们这就出发。"

我说这句话的时候有点儿发火,挺对不住女儿的,因为让我如此动怒的,并不是贾妮。

我们到达贾妮奶奶家后,我为没有提前打电话来告诉一声而向母亲道歉,母亲说没关系。

"你和琳恩之间,不会是有什么矛盾了吧?"母亲问我。

"没有，妈。"我答道。

接着，我驾车五英里，到达了社区大学。我找到了琳恩的汽车，然后停车在旁边。我推测，上课早就开始了，因为停车场上见不着一个学生。附近没有保安，所以这件事看上去很容易办成。我从仪表台里取出弹簧刀，放进口袋。我挑阴暗处行走，逐步接近最近的那座建筑物。教学楼开着宽大的窗户，有五个教室。

我花了一分钟才找到琳恩，她就坐在最前排，正在认真地记下老师讲的每一句话。我的旁边就是树篱，因而身体的大部分都被遮挡住了，今晚月亮和星辰都暗沉沉的，又是一个有利条件。上课的老师不是戴眼镜、留灰胡子的老头，和我预想的不太一样。他没留胡子，甚至可能还没到长胡须的年纪。

老师突然停止了讲课，走出教室，很快就走出了教学楼，我以为他一定是瞧见了我。我急忙在灌木丛里蹲下，准备向卡车跑去。我琢磨着，要是我非要将他撂倒才能跑到卡车边，我一点儿都不会犹豫。

然而，那位老师并未靠近我躲藏的灌木丛。他径直走向一辆白色丰田车，丰田车刚好停在琳恩的雪佛兰和我的卡车中间。他在后座里翻寻了一阵，取出了一些书籍和文件。

那位老师接着往回走。他离我很近，我能闻到他早上喷在脸上的香水味。我不禁纳闷，他为什么要弄得这么香，他以为谁会喜欢这种闻上去香得如花儿的男人。回到教室后，老师把书本发给学生传看。琳恩小心翼翼地轻轻翻动书页，仿佛如果她不够小心的话，书页便会碎裂。

我琢磨自己最好赶快行动，把我要做的事做完。我穿过柏油路，奔向雪佛兰。我跪倒在左侧的后轮胎旁，手里握着弹簧刀。刀子用力戳进轮胎，不停地切割，直到听见漏气的嘶嘶声，我才站起身，环顾四周。

安保措施真够蹩脚的，我心想。我已经完成了此行的目的，可并没有合上弹簧刀。我又跪在白色丰田车旁，开始使劲地戳轮胎，有那么一刻，我觉得自己仿佛是在戳那个面容清秀的年轻老师的俊俏脸蛋。很快，这个轮胎也像是被收割机碾过一样千疮百孔。

我钻进自己的卡车，向家的方向驶去。我浑身哆嗦，却不知害怕什么。回家后，我打开电视机，看电视只是为了让我在等待琳恩打电话过来时不至于无所事事。只是，琳恩并没有打电话回家。在琳恩上的课结束三十分钟后，我依旧没听见电话铃声。我的脑海里浮现出一幅画面，琳恩孤身一人站在那个停车场，她也许并非孤身一人，也并非那么安全，得考虑到，保安正躲在不知哪间办公室里打呼噜呢。我想到，琳恩也许遇上了大麻烦，是我将她置于那个麻烦之中的。我掏出了卡车钥匙，正要出门，远处驶来的汽车车前灯光束却让我愣在了原地。

琳恩没有等我问她今晚过得怎样。

"今晚回来晚了,因为有个混蛋把我的轮胎戳破了。"她说。

"你为什么不打电话给我?"我说。

"保安说他会换轮胎,我就让他给换了。总比让你开上五英里的路大老远赶来强吧。"

琳恩从我身边经过,把她的书本放在餐桌上。

"帕尔默博士的车胎也被人戳破了。"

"谁帮他换的胎?"我问道。

琳恩注视着我。

"他自己。"

"可我觉得他不会换轮胎。"

"可他就是会换,"琳恩说,"一个人很有学问,并不就表示这个人干不了别的事。"

"贾妮在哪儿?"琳恩见到女儿的床铺空荡荡的,问我。

"她今晚想和奶奶一起过。"我说。

"明早她怎么来得及上学?"琳恩问道。

"我会送她上学。"我说。

琳恩坐下看起书来。现在这些书就像一大盘食物,堆在她的面前。这些书会让琳恩越来越强大。

"我估摸着,他们不晓得是谁戳了轮胎吧?"我尽量装出若无其事的口吻,向琳恩询问。

琳恩自从下车以来,头一次露出了笑容。

"学校方面很快就会知道了。那个狗娘养的混蛋还不知道,停车场里装有保安摄像头。全都录在了带子上,连那人的车牌号码都拍得清清楚楚。警察二十四小时内就能抓住那个家伙。至少,保安是这么说的。"

我的心脏连跳了两下,然后我才听明白琳恩这番话的含义。我觉得就像有个人刚刚出人意料地揍了我一拳。我张开嘴巴,费了好一阵工夫,才挤出几个字眼。

"我得告诉你一件事。"我说道,声音虚弱无力得就像个重病患。

琳恩都懒得抬头了。她已经在全神贯注地看书了。

"博比,我还有三个章节要读呢。就不能等一会儿吗?"

我看着琳恩。我知道自己已经失去了她,我知道这个真相已经有段时间了。我戳人家的轮胎,再被警察抓住,这并不会让事态变得更糟,也许,到了羁押听证会上会有所不同。

"这事能等。"我说道。

我走到屋外的天台上,坐了下来。我闻到了溪涧旁的金银花传来的芬芳。很好闻的香味,假如换个时候,花香也许能让我的心情放松下来。几只牛蛙发出呱呱的叫声,但除此之外,今晚寂静得就像在池塘底一样。天空中许多星星都已闪亮,现在你能瞧见一些星星是如何连成某种形状的。琳恩知道那些星星连成的形状都叫什么,她叫得出星星的名字。

假如你看见一颗流星,赶紧许个心愿。妈妈总是这么说,尽管我从没看见过流星,我仍然思量起自己会许什么心愿,然后脑海里浮现出的便是一段昔日的记忆。我、琳恩和贾妮去河畔郊游野餐,贾妮那时还是个婴儿。那时正逢四月,河水上涨,水冷得很,没法下水游泳,可也没什么大不了。太阳灿烂,山茱萸的枝干开始变白,你由此知道暖和的日子就要到来了。

不一会儿,贾妮就变得昏昏欲睡,琳恩将她抱进婴儿推车。然后,她回到野餐桌旁,坐在我的身边,脑袋倚靠在我的肩上。

"我希望日子永远像今天这样,"她说,"如果有一颗流星划过天空,这便是我要许下的心愿。"

接着,琳恩亲吻了我,这个吻是个许诺。许诺那天晚上等我们将贾妮抱进婴儿床后,我俩会缠绵不休。

可是,无论是那日下午,还是今晚,都没有坠落的流星划过天空。我突然希望贾妮能留在家中,如果她在的话,我就能走进她的房间,在她的身畔躺下。

我会在那儿待上一整个晚上,只为了倾听女儿的呼吸声。

我的脑袋里有一个声音响起：你最好适应眼下这种境况。未来将有许许多多个晚上，贾妮不会和你在一起，甚至也许不在同一个城镇。我最后一次抬头仰望星空，可依旧没见到坠落的流星。我合上眼眸，嗅闻金银花的芬芳，幻想贾妮就睡在离我几步之遥的地方，幻想琳恩会暂时扔下手中的书，和我一起共度良宵。我开始虚构一段记忆，一段我很快就会需要的记忆。

# 报丧鸟

要是工作压力没这么大的话，博伊德·坎德勒也许就不会听到猫头鹰叫。

可他已经有整整一个月没睡好觉了。他常常在凌晨三四点突然惊醒，为了滞后几个星期的发动机项目、兴许会发生的年底裁员而心绪困扰。于是，此时此刻，博伊德连续第二个晚上听到猫头鹰低沉的哀号。就这样过了几分钟，他爬出被窝，踱步到房外，离开在屋内酣睡的妻子和女儿。博伊德伫立在侧院里，侧院旁是科尔曼家的房子。十月下旬带着寒意的露水弄湿了他的赤足。吉姆·科尔曼关掉了屋外的射灯，街上的其他房屋也都没开灯，只有几盏门廊灯例外。博伊德像在候诊室里等待一份吉凶不明的诊断报告，同时周遭静谧无比，连风吹草动都没有。几分钟后，猫头鹰又叫了。那只猫头鹰就躲在科尔曼家后面的那棵红栎树上啼叫，博伊德无比确信，如果这只猫头鹰再在树上待一晚上，肯定有个人要与世长别。

自小陪伴博伊德长大的那些亲友都相信，如果你仔细观察，世界会揭示出各种真相。孩提时，博伊德曾看着与他父母住一起的爷爷帮一位邻居找到了一口新水井，依靠的工具仅仅是一根从白蜡树上折下来的树枝。博伊德站在邻居家的牧场上，他的爷爷从一边的篱笆缓缓走向另一边，手握树枝的分叉处，仿若握着缰绳一般，一直等到树枝末端摆动、接着落向地面——仿佛有一只无形之手在拉扯树枝——他才停下脚步。博伊德眼看着爷爷"按照征兆"过着日子。月亮的盈亏决定了何时该种庄稼、何时该收割、何时该宰杀猪猡、何时又该砍伐树木，甚至决定了何时挖墓穴最为合适。日出伴着红霞意味着雨水将至，雨鸦鸣叫预示同样的天象。其他的预示还有，新生命的诞生、旧生命的终结。

博伊德十四岁时，听见了这种报丧鸟在谷仓后面的树林里嘶叫。爷爷当时连续病了几个月，但最近有所好转，有力气下床走动、绕着农场散步了。爷爷也听见了猫头鹰的叫声，在爷爷听来，这就是最后摊牌的声音，生命之路最后的一记响声，有如土块被铲落在棺材上的动静。

爷爷当时念叨着，它来索我的命了，博伊德没有一丝怀疑地相信这是真的。报丧鸟在谷仓后的林子里连续叫了三个晚上。那些晚上，博伊德一直待在爷爷的房里，看着爷爷呼出最后一口气，跟随着报丧鸟，坠入那无尽的黑暗。

第二天清早吃早餐时,博伊德并没向妻女提起猫头鹰的号叫。昨日晚上还挺像回事的理论,在白天的日光下审视,就变得虚无缥缈。他的心思都飘到了这个周末就要完结的项目上。博伊德喝完第二杯咖啡,看了一眼手表。

"珍妮弗呢?"他问妻子,"这周轮到我们拼车做东。"

"今天不用载她,"劳拉说,"你洗澡时,贾妮丝打电话过来。珍妮弗整个周末体温都在一百华氏度①以上。温度现在还没降下来,所以贾妮丝会和珍妮弗一起待在家里。"

博伊德感觉体内荡过一波冷飕飕的、阴暗的忧虑。

"他们去看过医生了吗?"

"当然了。"劳拉答道。

"医生说珍妮弗得了什么病?"

"就是流感吧,差不离。"劳拉背对着博伊德,一边说,一边把阿莉森的午餐打包好。

"医生有没有关照贾妮丝注意点儿别的?"博伊德继续问。

劳拉转身对着他。她脸上的表情有点儿迷惑,又有点儿恼怒。

"博伊德,就是普通流感。没别的了。"

"我会在外面等你准备妥当。"博伊德对女儿说,随后走到外面

---

① 100华氏度约合37.8摄氏度。

的院子里。

左邻右舍看上去少了些熟悉感，仿佛距离他上一次看过，已经过去了许多个月。这个住宅区建造在一块棉花田上。有些人家的院子里种着几棵山茱萸和枫树的苗木，不过整个小区里唯一一棵大树，便是科尔曼家后面尚未开发的土地上的那棵红栎树。博伊德揣测，这棵树以前是林荫树，给那些在棉花田里干活的农夫提供一个避暑的地方，好在午饭或喝水休息时暂时躲开毒辣辣的太阳。

那只猫头鹰还在红栎树上。博伊德知道这点，是因为他小时候听老人们讲过，报丧鸟总是要栖息在大树上。借助这个办法，你就能辨别它是不是普通的猴面鹰或角鸮了。还有一个办法，报丧鸟总是连续三晚都会回到同一棵树上、同一根树枝上。

爷爷过世不久，他们一家就搬到了阿什维尔。博伊德在麦迪逊县一直是个劣等生，以为自己以后会做个农夫，结果农场被卖掉，卖得的钱由他的父亲和姑姑们瓜分。在阿什维尔高中，博伊德掌握了一门新的学问，一门由定理和公式构成的学问，任何事情都可以用这些知识解释得清清楚楚。老师告诉博伊德，他应该做一名工程师，还帮他申请到贷款和奖学金，使他可以成为家里第一个上大学的人。老师催促他迈入一个新天地，在那儿天气再也无关紧要，土地不会让你的指甲乌黑，并黏附在你的皮靴上，抑或让你手生老茧；如果一定要望见土地，也是透过楼房、汽车和飞机的玻璃窗。

这个新天地与博伊德成长的世界全然不同。博伊德的老师坚信他可以离开自己成长的那个世界,大概博伊德本人也这样认为。

博伊德记得,大学时有天上午,他在社会学课上观看了一部影片,内容是老挝的苗族民俗。影片放完后,教授问在场的学生,别的文化里能否找到类似的信仰。博伊德举起手。他讲完后,教授和其他学生盯着博伊德,仿佛他的鼻孔上穿了一根骨头,脖颈上挂了一串人类牙齿。

"这么说来,你亲眼目睹过这类事吗?"教授问道。

"是的,先生。"博伊德回答道,知道自己的脸孔已经涨得通红。

坐在他身后的一个学生窃笑起来。

"这些民俗,你自己相信吗?"教授问道。

"我是说我知道有人这么干过,"博伊德说,"我不是在说我自己。"

"迷信就是对因果论一无所知的表现。"身后的学生嘀咕起来。

理性。教养。启蒙。博伊德知道,多年前他在大学里听到的那些话,以及伴随而来的那一套鉴知力,在这个住宅区里也占据上风。他的邻居多数是来自美国东北部和中西部的移民,全都是像他那样的白领专业人才。左邻右舍会以为,现在是十月了,猫头鹰也开始迁徙了。和偶尔可见到的负鼠或浣熊一样,猫头鹰在他们眼里，只不过是误入城市的一只大自然的生灵，不久就会回到它该去的地方。

可博伊德确实担心不已，一整天心里都七上八下。他不记得阿莉森哪次连着发烧三天过。他考虑要不要打电话给科尔曼家，询问一下珍妮弗的情况，但博伊德知道这看起来会有多怪异。尽管两家人在拼车，而且两家的女儿是好友，可两家父母之间的往来只限于彼此招手问候和稍稍讨论一下接小孩的时间。在他们做邻居的六年时间里，两家人从未一起吃过一顿饭。

博伊德的这份工作一般都需要加班到做完为止，可今天五点，他关了电脑，开车回家。万圣夜离现在只有五个晚上了，他转弯进入住宅区时，看见各家门廊和台阶上都放着南瓜灯，南瓜灯个个都睁着空洞的眼眶。一根树枝上挂下一个硬纸板做成的巫婆，骑在扫帚上，随风旋转，像个风向标。另一栋房子的敞开式车棚上，放置了一具颤动的骷髅，一根白骨森森的手指伸向前方，仿佛在召唤路人过去。这些万圣夜的布置，有点儿像左邻右舍之间的竞赛，也是吉姆·科尔曼尤其喜欢的一项活动。每年，吉姆都会把一张白床单粘到一辆小型花车上，还把自己制造的"鬼魂"用尼龙绳系到一块水泥块上，那样它就能在科尔曼家上空飘浮。

博伊德小时候，没有这样的万圣节布置，没有小孩会特意装扮一番后去挨家敲门讨要糖果。或许是因为博伊德家的农场地处荒僻，可博伊德现在怀疑真正的原因是，那时的人明白不应该以某些事取乐，不然也许会遭到惩罚。博伊德驾车经过另一栋房子，房子上装饰了一只黑猫，他那时琢磨起来，惩罚是不是已经降临，就栖息在那棵红栎树上。

博伊德把车驶入停车道，停在妻子的凯美瑞①后面时，天早已经黑了。透过屋前的窗户，博伊德看见阿莉森四肢摊开地躺在壁炉前，劳拉坐在沙发上。天气预报里说今晚会有今年的第一场霜冻，博伊德从空气里的寒意知道天气预报是对的。

博伊德绕到自家侧院，端详起科尔曼家。楼上的两个房间、厨房和饭厅里都亮着灯。车棚下停着两辆车。吉姆·科尔曼打开了他安装在屋顶的一盏照明灯，它照亮了飘浮在屋顶上空的那个"鬼魂"。

博伊德走进后院。红栎树的叶片逮住了一天里最后一丝亮光。微光，这就是形容此景的词汇，博伊德想，就像举到烛光前的红葡萄酒。他慢慢抬起眼睛，可没看见那只报丧鸟。他拍了个巴掌，掌心火辣辣的痛。有个黑影从最高处的树枝上飞起，在红栎树上盘旋了一阵，随后回到了原处。

---

① 丰田旗下汽车品牌。

起居室里，阿莉森躺在壁炉前，她的教科书摊在一旁。博伊德倾下身亲吻女儿，在她的脸上感觉到了炉火的暖意。劳拉坐在沙发上，在填写月末的支票。

"珍妮弗怎么样了？"博伊德进厨房时问道。

劳拉把支票簿放到一边。

"没起色。贾妮丝打电话来，说明天还要把孩子留在家里。"

"她有没有再带珍妮弗去看医生？"

"去了。医生开了一些抗生素，做了链球菌化验。"

阿莉森转过身，对着博伊德。

"老爸，你这个周末还要给我们砍些木柴。只剩下一些大圆木了。"

博伊德点点头，视线落在炉火上。劳拉一直想把壁炉改造成天然气炉。就像开关电视机一样方便好用，她是这么说的，烟也会少得多。博伊德揪着天然气炉的开销来说事，特别是由于他现在砍来的木柴是不花一分钱的，但不只是这样。砍木柴，堆叠好，最后燃起火，这一过程给博伊德带来愉悦，和他上班时做的工作不同，这些差事更能给人以触动，而且不知为何，也显得更为真实。

博伊德注视着壁炉，说道："我觉得珍妮弗需要见一下别的医生，家庭医生以外的其他医生。"

"爸爸，你为什么会这么想？"阿莉森问道。

"因为我觉得她病得很重。"

"可珍妮弗不能错过万圣夜,"阿莉森说,"我们俩都要去扮鬼。"

"你怎么知道她病得怎么样?"劳拉问道,"你都没见过她。"

"我就是知道。"

劳拉还想说些别的,但又犹豫了。

"我们过一会儿再讨论这件事。"劳拉说。

他一直等到晚饭后,才叩响科尔曼家的大门。劳拉让他别去,但博伊德还是去了。吉姆·科尔曼打开了房门。博伊德突然意识到,对于站在自己面前的这个男人,他其实一无所知。他不知道吉姆·科尔曼有多少兄弟姐妹,也不知道他是在芝加哥的哪种社区里长大的,更不知道他手上有没有握着一把霰弹枪或锄头。他不知道吉姆·科尔曼以前是经常去教堂做礼拜,还是总把周日早晨的时间花在车库或后院里。

"我是来看看珍妮弗病得怎么样的。"博伊德说。

"她在睡觉。"吉姆回答说。

"要是你不介意的话,我仍旧想看看她,"博伊德说,同时向吉姆展示出一张纸,"我让阿莉森写下今天的上课内容。如果我不把这个交给珍妮弗的话,阿莉森一定会非常失望。"

起初,博伊德还以为吉姆会断然拒绝,但吉姆·科尔曼站到旁边,让出了门口。

"那么进来吧。"

他跟着吉姆穿过门廊,上了楼,迈入珍妮弗的卧室。女孩躺在床上,被子拉到脖颈处。汗水润湿了女孩的秀发,也令她苍白的脸庞晶莹闪亮,犹如瓷器一般。不一会儿,贾妮丝也走了进来。她的手掌放在珍妮弗的额头上,停顿了一下,仿佛是在把祝福赐予女儿。

"你上次测量的时候,体温是多少?"博伊德问道。

"一百零二度①。晚上突然飙升了。"

"到现在为止,已经有四天了吧?"

"对,"贾妮丝说,"四天四夜了。周五我仍旧让她去上学。我大概不应该这么做。"

博伊德注视着珍妮弗。他试图让自己站在珍妮弗父母的处境里思考。他试图想出一些话,能把他在麦迪逊县里见到的事情和他们在芝加哥或罗利的部分经历联系到一起。但他想不到合适的措辞。他在北卡罗来纳山区知道的一切,是科尔曼一家难以理解的。

"我认为你需要带她去医院。"博伊德说。

"可医生说了,等抗生素起效,她就会好了。"贾妮丝说。

---

① 这里是102华氏度,约等于38.9摄氏度。

"你们需要带她去医院。"博伊德再次说道。

"你是怎么知道的?"贾妮丝问道,"你不是医生。"

"我小时候见过别人病成这样,"博伊德有点吞吞吐吐,"那人最后死了。"

"安德伍德医生说,珍妮弗会好的,"吉姆说,"很多孩子都得过这种病。医生已经来看过她两次了。"

"你是在吓我。"贾妮丝说。

"我没打算吓你,"博伊德说,"请带珍妮弗去医院。好吗?"

贾妮丝转身看着丈夫。

"他为什么说这些话?"

"你可以走了。"吉姆·科尔曼说。

"请相信我,"博伊德说,"我知道自己在说些什么。"

"请走吧。"吉姆·科尔曼说。

博伊德回到自家院子里。头几分钟里,他就那么静静伫立。那只猫头鹰没有鸣叫,可他知道它就栖息在红桦树上,在等待时机。

"贾妮丝打电话给我,她气坏了,"他进屋时,劳拉告诉他,"我叫你别过去。科尔曼夫妇认为你精神错乱,甚至也许是危险人物。"

劳拉坐在沙发上,她示意让博伊德也坐下来。

"阿莉森在哪儿?"博伊德问道。

"我让她去睡觉了,"劳拉说,"你知道,你不仅惹恼了科尔曼一家,还让阿莉森有点不高兴。你也让我心烦意乱。博伊德,告诉我这是怎么回事。"

接下来的半小时里,博伊德试图解释清楚一切。博伊德讲完后,劳拉伸出一只手放在他的掌心上。

"我知道在你长大的地方,那些没怎么受过教育的人相信这类事情,"劳拉在博伊德说完时开口道,"但你现在不是住在麦迪逊县,你是受过教育的人。也许后院确实有只猫头鹰。我没听到它叫过,但我会退让一步,承认外面确实有只猫头鹰。但就算这样,那不过是只猫头鹰,不是别的什么。"

劳拉紧握着他的手。

"我会帮你约哈尔门医生。他会给你开些安必恩,让你能好好安睡,也许还得开些抗焦虑的药。"

那天深夜,他躺在被窝里,等待猫头鹰的叫声。闹钟上的红色数字显示,一个小时过去了,他打心底里希冀那只鸟已经离开了。他最终睡着了几分钟,这点儿时间足以梦见他的爷爷了。他们在麦迪逊县,住在农庄里。博伊德一个人睡在前卧室,等待着,却不知到底在等待什么。最后,爷爷从卧室里出来,穿着短靴和连身服,后裤袋里塞了一条汗巾。

报丧鸟的叫声让他从梦中惊醒。博伊德穿上裤子和鞋子,套了一件运动衫。他从厨房抽屉里拿出一个手电筒,进地下室拿了链锯。这把链锯差不多有四十个年头了,既老旧、笨重,又累赘,锯齿因为数十年的使用早已变钝。但这把老链锯使起来仍然很顺手,让他们每年都有木柴可用。

博伊德给汽缸加满油,检查了火花塞和润滑油。这把链锯曾经属于他爷爷,老人用这把链锯从农场伐下树木,锯成柴火。博伊德常常和爷爷一道进树林,帮忙把原木和枝条扛上爷爷的那辆破烂的皮卡车。爷爷在身体状况不允许他再用链锯后,他把它传给了博伊德。二十年后,他又找到了用这把链锯的机会。有个同事在卡里附近拥有约莫三十英亩的林地,免费提供木材给博伊德,只要伐下的都是死树,且是博伊德本人去伐树就行。

室外的空气寒冷而清澈。星辰仿佛更好辨认,也离大地更近了。西侧的天空挂着一轮明黄色的"收获月"。博伊德打开了手电筒,光束扫在高处的树枝上,直到他见到那只鸟。尽管被光束照着,报丧鸟却没有动弹。博伊德心想,它纹丝不动,像墓碑一样。猫头鹰始终不眨的黄色眼睛凝视着科尔曼家,博伊德知道,同样的一双眼睛也曾凝视过他的爷爷。

博伊德把手电筒放到草坪上,光束对准红栎树的树干。他拉动拉绳,链锯运转起来。链锯的振动使得他的整个上半身都开始摇晃。博伊德走向红栎树,伸出胳膊,链锯的重量令他的肱二头肌和前臂都为之绷紧。

要伐倒他同事的林地里的那些矮树，很快很容易。可他从未锯过像眼前这棵红栎树这样的大树。链锯切割棒碰上树干时，一些树皮碎片飞溅出来，随后切割棒滑下树干，博伊德只得将链锯拉开，再次尝试。

一共试过八次，博伊德才在树干上锯出一个楔口。他大口喘气，稳住身躯和链锯，链锯的重量令他的手臂、后背，甚至双腿都觉得很吃力。他尽可能地让切割棒与树干形成最佳角度，扩大那道楔口。等到他完成一侧的切割工作时，锯屑和汗水早已刺痛了眼睛，心脏紧挨着肋骨怦怦跳动，仿佛被关入了一个狭小的囚笼。

博伊德考虑要不要休息一分钟，可当他回过头望向科尔曼家时，他看到房内的灯亮了。他拿起链锯走到树干的另一侧。切割棒一次次打在树皮上，直到第三次才终于锯出了一个切口。博伊德再次回头看了一眼，见到吉姆·科尔曼正在穿过院子，嘴巴说着话，手臂做着姿势。

博伊德松开节流阀，让链锯开始空转。

"老天啊，你都干了些什么啊？"吉姆喊道。

"必须完成的事。"博伊德说。

"我女儿生病了，你把她吵醒了。"

"我知道。"博伊德说。

吉姆·科尔曼伸出一只手,仿佛是要把链锯从博伊德手上夺过来。博伊德关上节流阀,挥舞起切割棒,横在自己和吉姆·科尔曼中间。

"我要叫警察来。"吉姆·科尔曼叫道。

现在劳拉也走到了屋外。她和吉姆·科尔曼交谈了几句,然后吉姆回到了自己家。劳拉向博伊德走来,博伊德大声叫她离开。博伊德将链锯最后一次深深地切入红栎树的中心部分。接着他扔下链锯,退到后面。红栎树先是摇摆了一阵,随后轰然倒地。大树倒下时,响起一声鸟叫,那只猫头鹰从博伊德面前飞过。博伊德拿起手电筒,照在鸟儿身上,它飞过空地,消失在夜色之中,回到了它被召唤来的地方。博伊德坐在红栎树的树桩上,关掉了手电筒。

他的妻子和邻居都站在科尔曼家的院子里,彼此紧挨着。他们压低嗓门,小声交谈,仿佛博伊德是头野兽,而他们不愿让他获悉他们的存在。

很快,警灯蓝色的光芒打在两栋房子的侧面。别的邻居走到科尔曼家的院子里,与吉姆和劳拉会合。警察和劳拉谈了片刻。她点了点脑袋,又转过头,对准博伊德的方向,脸上挂着两行眼泪。警察对着对讲机说了些话,随后就向他走来,手铐在他的手中叮当作响。博伊德站起身,伸出手臂,手掌向上,他的样子就像是一个人刚刚放走了某样东西。

## 等待世界末日

呃,现在的时间是星期六晚上已过,星期天早上尚未到来,我所在的地方是公路边上的一家酒吧,店名是"最后的机会",我眼下弹奏的是《自由鸟》,已经是今晚第五次弹这首曲子了,可我脑海里浮现的却并不是罗尼·范·赞特①,而是从过去的日子里跳脱出来的一名艺术家,威廉·叶芝和他的那句诗"无疑神的启示就要显灵"②。可唯一一只懒懒地走向我的狂兽是我的节奏吉他手萨米·格里芬。萨米已经不行了,一次次穿过拥挤的桌子,从舞台上往厕所间跑。

六十年代的一大罪过就是给南方社会的白人男性引入了迷幻剂药丸。如果你是蒂莫西·利里③之类的哈佛大学心理学教授,这些药丸也许会扩张你的意识,可对于萨米这类人物,药丸只会起到反

---

① 《自由鸟》是美国南方乐队莱纳德·斯盖纳德的代表作,罗尼·范·赞特是该乐队的主唱,于一九七七年死于空难。
② 威廉·叶芝,《基督重临》。本处参考袁可嘉的译文。
③ 蒂莫西·利里(1920—1996),美国心理学家,曾亲自尝试精神药物。

作用，令他的大脑降格到与爬虫走兽等同，被妄想控制，干出鲁莽的事情。

很难猜测，萨米在厕所间里是鼻吸了毒品，还是直接吞服，不管怎样，总之他的瞳孔已经扩张成硬币大小。他经过一张桌子，见到一双裸腿，一双女人的裸腿，然后就紧紧抓住那双腿。他脱下那双腿上的高跟鞋，接着开始舔那双玉足。大概三秒钟之后，一只穿着鞋头包钢的皮靴的大脚就狠狠地踢在萨米的后脑勺上，犹如一位橄榄球运动员在进行加分踢球。萨米蜷缩成婴儿的姿势，在满地的花生壳和香烟屁股中昏厥过去。

于是，现在只剩下我的贝司手波波·林加菲尔特、鼓手哈尔·迪顿，以及我自己。我演奏完《自由鸟》，也就意味着，接下来将由我选择演奏什么歌。罗德尼雇用我时跟我说过，一个小时内至少得演奏一次《自由鸟》，还说这就好比他的顾客都是些急需用胰岛素的糖尿病患者。他还说，剩下的时间里，你可以演奏自己喜欢的歌。

我转过身对着波波和哈尔，弹奏起加里·斯图尔特①的《惬意欢闹》的开场旋律，他们俩再跟上我的调子。斯图尔特是被人淡忘的美国音乐天才之一，在屈指可数的几位愿意劳神听他音乐的评论

---

① 加里·斯图尔特（1944—2003），美国乡村音乐歌手，以独特的颤音而闻名。

家中,有一位将斯图尔特称为南方乡村酒吧里"来自地狱的白色垃圾①使节"。斯图尔特的音乐凝聚了两百年以来阿巴拉契亚山区的灵魂精华,对于纳什维尔的人来说,他的音乐太过纯正、太过强烈,可纳什维尔人还是使尽各种办法,用可卡因摧残斯图尔特的大脑,往他的脑门上扣一顶牛仔帽,将他打扮成"音乐城"里另一个毫无天赋的冒牌货。②在人生的最后几年里,斯图尔特曾经蜗居在北佛罗里达的拖车场里:没有电话,谁叫门他都不开,他称之为家的那个锈迹斑斑的大铁壳的每一扇窗户都漆成了黑色,靠着在纳什维尔搞音乐创作时剩下的一点儿钱勉强度日。

这样的生活方式自然有它的魅力所在,尤其是在今夜,当我望着"最后的机会"酒吧里坐得满满的顾客(大多是人生失意者)的时候。有一个男人脑袋搁在桌子上,双眼紧闭,呕吐物从他的嘴里流出。另一个男顾客卸下了假牙,用它去夹隔壁桌一个女孩的耳朵。一个身着紫色连身工作服的胖女人在哭泣,另一个女人则在冲着她尖叫。我心里想,也许人类应该停止繁衍了。就让上帝或者进化或者不知什么鬼东西,将我们这儿的人类从头来过,因为这个世界全

---

① 在美国,"白色垃圾"(White Trash)一词专指美国南方的贫穷白人。
② 田纳西州首府纳什维尔是美国乡村音乐的重镇,有"音乐城"之称。加里·斯图尔特出生于肯塔基州,后来到纳什维尔发展音乐事业,因而有这处描述。

乱套了。

和斯图尔特一样，我也住在拖车里，但我不得不离开拖车去工作，并不是我情愿去，而是因为我不是一个音乐天才，我只是一个四十岁年纪、没了工作、不得不打工挣钱维持生活的高中英语老师。当乐师挣的钱，比我为本地每周出一份的报纸做校对的零工酬劳多出不少。正是出于这个原因，每周有四天，从晚上七点到凌晨两点，我都会出现在这儿，以莱纳德·斯盖纳德乐队的名义演出，挣得赡养费，同时让讨债人离我的拖车远远的。

我不会拿失去教职、失去妻子、失去孩子的细节来烦你。就像政客们常说的，错误已经造成，多说也于事无补。我最后工作的那所学校的校长言之凿凿地告诉我，我在亚马逊雨林以北的随便哪个地方都找不到一份教书的差事。我的前妻和孩子都还在加利福尼亚。对于他们来说，我就是个装有支票的信封罢了。

目光越过坐着顾客的桌子，我看到休伯特·麦凯恩坐在吧台边，一手举着啤酒杯，一手握着路易斯维尔牌球棒。休伯特是我们的保镖，体重两百五十磅，体内蕴含着凯尔特人遗传下来的暴力，准备随时爆发。他的光头上扣着一顶棒球帽，上面绘了一个怒目而视的骷髅，一手挥舞着镰刀，另一只手里握着黑白方格旗。这一图案的象征意义不甚明了，不过当戴帽子的人是个白人壮汉，又手握一根三十六盎司①重的球棒时，他不会是一个你想招惹的人物。

坐在休伯特身旁的，是他的好友乔·唐·拜尔斯，他正式改名之前，叫约瑟夫·拜尔斯。每个年纪在十四岁到二十五岁间的白人小伙子似乎都想看上去像黑人，行动也像黑人，乔·唐却反其道而行之，这个二十三岁的黑人小伙子竟然想变成咀嚼"干杯"牌烟丝、听乡村音乐的南方白人。可是和那些歪戴棒球帽、身穿低腰裤的白人小伙子一样，乔·唐并不能完全摆脱自己原来的身份。大得像轮毂盖的皮带扣、蛇皮靴，这些都挺像样，不过他脑袋上的牛仔帽戴得过低，盖住了右眼，帽檐倾侧，使他看上去更像是一个打扮越界的皮条客，而不像牛仔。他开的卡车是另一个泄露身份的细节，那是一辆丰田两轮驱动，有四个泥地越野轮胎，后挡风玻璃上贴着车手戴尔·恩哈德②贴纸，他却不知道任何一位恩哈德的真正粉丝都宁可开一辆割草机，也不愿驾驶雪佛兰以外的任何品牌的汽车③。

在吧台的另一边，罗德尼正在收取顾客交给他的所有东西——皱巴巴的钞票，一捧硬币，薪水支票，结婚戒指，腕表。有一次，

---

① 约合 1.02 千克，比一般的球棒略重。
② 戴尔·恩哈德 (1951—2001)，美国赛车手。
③ 因为戴尔·恩哈德是雪佛兰车队的车手。

甚至有个顾客用小刀将牙齿上的一块金质填料从嘴里挖了下来。当时罗德尼连眼睛都没眨一下。

看着罗德尼收钱的模样,你很容易认为罗德尼只是个升级版的弗莱姆·斯诺普斯①,就是那种将妹妹的裸照卖给高中同学看、从而赚得第一桶金的家伙。然而,根本不是那么回事。罗德尼毕业于南卡罗来纳大学,拿到了社会工作专业学位。他立志要让世界变得更美好,可据罗德尼的说法,世界对此一点儿都不感兴趣。

他的社工生涯终止于开始的那个星期。罗德尼借了教堂的一辆巴士,载着哥伦比亚市的一些贫困青少年去看亚特兰大勇士队的比赛。在驶向亚特兰大的半路上,这些青少年就造反了。他们用装胎棍将罗德尼揍了一顿,抢走了他的钱和衣服,把他赤身裸体、鲜血直流地扔在路边的水沟旁。一个星期后,就在罗德尼出院的那天,那辆巴士被人发现浸没在奥克弗诺基沼泽里。又过了一个月,那些叛逆青少年才被找到,其中几位已经混进了迈阿密的贩毒组织。

罗德尼说,经营"最后的机会"酒吧表达了他的人生哲学观点。他在收款机上方,贴了一条达尔文主义主题的保险杠贴纸,上

---

① 弗莱姆·斯诺普斯是威廉·福克纳笔下的一个著名人物,靠着狡猾残酷的手段大发其财,毫无道德感可言。

面画了一条进化出四条腿的鱼的轮廓。罗德尼在鱼的嘴巴前面画了一个"对话气泡"①。这条鱼说:让畜生绝种吧!

罗德尼似乎将这句话记到了心上。在"最后的机会"酒吧,只提供一种调和饮料,也就是罗德尼称之为"终结者"的东西。这种饮料里有六盎司的杰克·丹尼威士忌,六盎司的英国萨里郡私酿烈性酒,以及"山姆之选"②牌番茄汁。有些顾客声称,为了更带劲,还要加入一点儿打火机油。没人喝过三杯以上的"终结者"却依然不倒,就连休伯特也不行。通常只需两杯,就能让喝的人倒在地上,番茄汁流到下巴上,仿佛刚刚被人往嘴巴里开了一枪。

我们唱完《惬意欢闹》,仅有三四个顾客拍手喝彩。许多顾客不知道这首歌是什么,也不知道加里·斯图尔特是何方神圣。电台和音乐电视台已经麻醉了他们,他们认不出真正的音乐,甚至连来自他们那类人血脉的音乐都不懂。

说到这儿,我突然瞅见了埃弗里特·埃文斯。令我懊悔万分的是,我儿子有四分之一的基因属于这个男人。他正站在门口,手里

---

① "对话气泡"就是漫画里常见到的表示人物说话的文字框。
② "山姆之选"是沃尔玛超市的自有自营品牌,也被译成"山姆的选择""山姆精选"。

拿着一部摄像机。埃弗里特在休伯特身旁停留了一会儿，然后昨晚的惨烈事故终于盯上了我。

我放下吉他，朝门口走去。埃弗里特依旧在拍摄，直到我站到他面前。他把摄像机放到与腰部齐平的高度，正对着我，仿佛手里举着一把乌兹冲锋枪。

"埃弗里特，你打算干什么？"我说。

他咧嘴一笑，然而他的笑容里饱含着恶意与紧张情绪，就像一名政客被要求解释他最近分批存入银行的十万美元是怎么回事时候的表情。

"关于你适不适合当父母，我们刚刚又获得了一些证据。"

"我没看见什么'我们'啊，"我说，"只有一个爱管闲事的老蠢蛋，假如他还有屁股，应该往他屁股上踢几脚。"

"德文，你这是在恫吓我，"埃弗里特说，"我也许该重新打开这部摄像机，录制一些额外的控罪证据。"

"我也许会抢过摄像机，把它插到你的屁眼里。你女儿花我从这儿赚到的钞票的时候，倒没什么问题嘛。"

"德文，有什么麻烦吗？"休伯特从吧台边走过来，招呼道。

"这个男人为《国家地理》工作，"我告诉休伯特，"他们在录制一档关于原始社会的节目，宣称像我们这样的人是猿猴进化到人类的过程中遗失的一环。"

"他在撒谎。"埃弗里特注视着休伯特的球棒，急忙辩解。

"这还只是带子的一部分，"我说，"这个混蛋还打算将《国家地理》不要的部分卖给'道德多数派'组织。他们要关掉这个地方，仿佛这家酒吧是个有毒垃圾场。"

"我们这儿不准录影。"休伯特一边说，一边从埃弗里特手里抢过摄像机。

休伯特取出录像带，将带子浸入他喝了一半的"终结者"。休伯特又划着一根火柴，点着录像带，将带子扔到地板上。五秒钟后，这盘带子就变得像是一团黑色的"吉露"牌果冻。

埃弗里特开始往门外走。

"德文，你永远别想再见到我女儿。"他发出毒誓。

罗德尼从吧台下面拿出了一个喇叭，宣布说现在是一点四十五分了，想喝最后一杯的人最好现在就要。只有寥寥几个人还要喝上一杯，大多数顾客现在要么是身无分文，要么是醉得不省人事。我想要在最后演奏斯蒂夫·厄尔[①]的《大夜班》和德怀特·尤卡姆[②]的《一千英里之外》，但那位在一摊呕吐物上瞌睡了一小时的顾客突然抬起了脑袋。他从口袋里摸索出一个打火机，将其

---

① 斯蒂夫·厄尔（1955— ），美国歌手、词曲创作人和政治活动家。
② 德怀特·尤卡姆（1956— ），美国歌手、演员和导演。

点着。

"《自由鸟》。"他咕哝着,重新将脑袋放回到那摊呕吐物上。

我想,为什么不呢。罗尼·范·赞特没有加里·斯图尔特、斯蒂夫·厄尔、德怀特·尤卡姆那样的才华,但他把自己拥有的才能用到了极致。莱纳德·斯盖纳德乐队从未摒弃他们的南方音乐之根来获得什么"全国性影响力",这使得他们的音乐尽管有这样或那样的缺陷,却是坦诚和锋利的。

于是,我从牛仔裤口袋里掏出了滑棒,开始了大概是我一生里第一百万次的漫长独奏。我仿佛进入了自动驾驶状态,任由手指拨动吉他弦,思绪却早已翱翔到别处。

几颗脑袋从桌子上抬起,凝视着我。叽叽喳喳的交谈停止了。彼此争吵或者爱抚的爱侣也都停了下来。每当《自由鸟》奏起,总是这个样子,仿佛范·赞特不知用什么方法找到了一条进入他那些昏昏沉沉的族人内心的管道。不管真相是哪一种,总之顾客的神情变得严肃起来,仿佛在思考什么。也许只是音乐缓缓升腾的力量。也许是一种对范·赞特的歌词描绘出的那种自由的渴望,一种对人们放下负担的需要的认可。也有可能,在有些时候,当你与音乐及歌词产生联系,就足以让你真实地感到摆脱枷锁,自由翱翔于天际。

我演奏完《自由鸟》,罗德尼打开酒吧里的每一盏灯,甚至包括他在天花板上安装的几个"约翰·迪尔"牌拖拉机上拆下的远光灯。场景酷似某部吸血鬼题材电影里的最后一幕。人们开始号啕哭泣。他们盖住眼睛,在桌子底下匍匐,最终拉着昏迷不醒的同伴,冲向房门,奔入外面的夜色(这是他们的目标)。

我的工作已经结束,但我没有卸下电吉他,也没有拔掉吉他音箱的线。相反,我弹奏起埃尔维斯·科斯特洛①的《等待世界末日》的前奏。科斯特洛曾经试图成为第二个后期的佩里·科莫②,可他的头两张专辑充满了愤怒与悲伤。在妻子和孩子离开我的最初日子里,我倾听科斯特洛的音乐,这帮助了我。不是很有用,但至少有一点。

哈尔趴在鼓架上,已经睡着了,波波和那个身穿紫色工作服的胖女人一起走向门外。萨米依然躺在地上,所以我在独奏。

我记不清所有的歌词,所以除了副歌部分,其余时间我像是在念叨天外方言,可现在是西卡罗来纳的凌晨两点,许多事情都毫无意义。你所能做的,便是拿起吉他,然后演奏。这正是我此刻所做的事情。我现在弹奏着一些普通的吉他乐句,尽管算不上是一名歌手,可我使出了浑身解数,尽管"最后的机会"酒吧此刻已经人去

---

① 埃尔维斯·科斯特洛(1954— ),崛起于朋克/新浪潮的英国摇滚天才。
② 佩里·科莫(1912—2001),美国"二战"后至摇滚乐崛起的五十年代中期最伟大的流行歌手之一。

屋空,那也没有关系,因为我将最初和现在合为一体,我提高了音量,空啤酒瓶被震下桌子,远光灯一闪一闪,有如闪光灯一般,不管屋外的夜色中沉睡着何种狂兽,它会被我的乐声唤醒,我已经准备好了,等待它的下一步行动。

# 林肯支持者

莉莉坐在门廊上，一天的犁地农活已经做完，一岁大的宝宝睡在摇篮里。在莉莉的巧手中，长长的钢质毛线针时而交会、时而分开，仿佛在极富节奏地互斗，同时毛线缓缓地从莉莉的棉布连衣裙口袋里流出来，逐渐变成莉莉膝头垂下的这块床单。除了偶尔低头看一眼溪谷，莉莉始终闭着眼睛。她嗅闻了一口刚刚犁过的土壤以及山茱萸花骨朵的芬芳。她倾听蜜蜂绕着蜂箱嗡嗡飞舞。就像她开始感觉到肚中胎儿的动静，所有的一切都表明严冬之后生命的回归。莉莉又想起了伊桑在圣诞节休假时从田纳西带回家的那份来自华盛顿的报纸，报上说，内战到夏天就会结束。伊桑认为战争会结束得更早，他说道路不久就会畅通，格兰特[①]将军攻下里士满[②]，内战也就结束了。虽说伊桑告诉她战争快结束了，可在圣诞节假期

---

[①] 格兰特（1822—1885），美国南北战争时期北方军队总司令，后出任总统。
[②] 南北战争时期，南方邦联的首都。

那几天，伊桑每晚依然会睡在地窖里，白天也待着不出去，背包和来复枪就搁在后门旁，因为南方邦联的人会从布恩穿过溪谷，搜寻像伊桑这样的林肯支持者。

莉莉感觉午后的日光照在脸上，像蜜蜂的嗡鸣一样慰藉心灵。终于能坐下来，只有双手在忙活，真是太好了，刚刚犁地时只能放在阴凉地方的宝宝，现在也吃好了奶，在一旁安睡。莉莉又织了几分钟，随后让自己的手也休息一下，把长长的毛线针竖放在膝头。莉莉思忖着，一整天赶着役马，推单铧犁犁地，确实会疲惫不堪。等一会儿，宝宝就会睡醒，她又得给他喂奶，再给自己弄一点儿吃食。吃完饭，她还需要喂鸡，将马藏在泉水上方的林子里。莉莉又感觉腹中的胎儿在闹动静，她想到这是让她疲惫不堪的又一个原因。她把一只手放在肚子上，抚摸微微拱起的曲线。她计算着从伊桑圣诞节回来已过去了几个月，估摸着再过一个月，身上的连衣裙就会被肚子撑起来了。

莉莉俯瞰一眼溪谷，老布恩公路沿着中流溪一路蜿蜒。她又闭上眼睛，考虑该为将要诞生的这个孩子起什么名字，她想到自己的生日也在九月份，到那时候伊桑就能永远回家，一家子也就团圆了，她和伊桑都还年轻，没有被过去两年的艰苦日子挫败。莉莉的脑海中浮现出一幅画面，她和伊桑，还有两个孩子，田地里她种下的庄稼成熟了，苹果树的枝头被果实压得低低的。

莉莉睁开眼，一个南方邦联的士兵站在院子里。他一定发现了莉莉正在看着道路，因为他是从戈申山方向而来，沿着溪流下坡，从一片稠密的桦树林里现身的。现在为时已晚，来不及藏起役马，把鸡群赶入地窖，也来不及收起屠宰刀，把它藏在连衣裙口袋里，莉莉索性正视起那个南方邦联士兵。士兵右手举着步枪，左手拎了一只口袋。他身穿一件破旧的胡桃色夹克，头戴帽子，一条牛皮带系住了一条旧羊毛裤，只有脚上的皮靴看上去还算新。莉莉认识这双皮靴以前的主人，也知道他们将那人的尸体吊在一棵山胡桃树上，脖子上不仅套了绳索，还挂了一块雪松木瓦片，上面烙有"林肯支持分子"的字样。

南方邦联的士兵一边走进院子，一边龇牙咧嘴地笑。他用拇指和另一根手指戳了戳帽子，眼睛却始终盯着谷仓后面刨地找虫子吃的几只鸡和草地上的那匹役马。他看上去约莫四十岁，不过在如今的年月里，人们总是比较显老，就连孩子也不例外。士兵歪戴着帽子，棕褐色的脸部肤色和烤烟差不多。农夫是不会这样戴帽子的。士兵憔悴的脸孔和不合身的裤子显然说明了他手里的口袋是派什么用场的。莉莉希望用两只鸡就能填饱他的胃口，可瞅着那双新皮靴，她无法安心。

"下午好，"士兵看了眼莉莉，接着就把视线转向西面，眺望远处的祖父山，"瞧这天气，就要下雨了，也许天黑时就会下。"

"你自己抓几只鸡吧,"莉莉说,"我会帮你抓的。"

"我正有此打算。"士兵说。

男子抬起左前臂,抹去额头上的汗水,手里的口袋就遮在脸上。等他放下手臂时,咧嘴的笑容换成了审慎的表情。

"但我宣过誓,职责所在,还得征用你的马儿,那是为了我们的事业。"

"为了事业,"莉莉看着士兵的眼睛,说道,"就像你脚上的这双皮靴。"

士兵抬起脚,把一只靴子搁在门廊的台阶上,仿佛要仔细地打量一番。

"这双靴子可不是征用来的。是用我最好的一条绳子换来的,可我感觉你早已知道这件事了。"他抬起眼睛,注视着莉莉。"你的那位邻居休假时不像你丈夫那么小心谨慎。"

莉莉打量起男子的脸庞,在他乱糟糟的胡子和坚毅的眼神里,有些她熟悉的东西。她回想起以前这儿的男女老少可以畅通无阻地去布恩。那时候,对罗利城里的政治家们干的事有什么争端,都可以在本地得到解决,最不济,也就是双方握紧拳头打一架。

"你过去在老头马斯特的商店工作,对吧?"莉莉说。

"是的。"男子说。

"我爸爸过去一直和你做买卖。有一次,我和爸爸一起去你店里,你给了我和妹妹薄荷糖吃。"

男子的目光并未变得柔和,但他脸上的某种神情确实减弱了几分,但也只是一小会儿的工夫。

"马斯特不喜欢我做那样的事,可对小伙子来说,给女孩薄荷糖不过是件小事。"

接着,男子沉默了片刻,也许是回想起了那段时光,也许不是。

"你是沃恩先生,"莉莉说,"我现在记起来了。"

士兵点了点头。

"我说,"他说,"我如今依然姓沃恩,"他停顿了一下,"可是,这也无法改变此时此刻的情况,明白吗?"

"知道,"莉莉回答说,"我想确实改变不了。"

"所以,我依然会牵走那匹马,"沃恩说,"除非你有什么东西来交换它,也许是北方佬在田纳西付给你丈夫的钞票?我们兴许能做一笔类似的交易。"

"我没有钱。"莉莉说的是实话,因为家里仅有的钱都被她缝进了伊桑的外套衬里。伊桑离家前,她告诉他,钱放在那儿比藏在农场任何一处地方都要安全,但伊桑直到莉莉在外套的内侧口袋里绣上他的姓名、标明假如阵亡该把他的尸首送回哪儿后,才勉强答应她这么做。伊桑的哥哥也是这么做的,两人还互相发誓,就算尸骨不存,也会把对方的外套带回家。

"那么我想,我最好快点动手,"沃恩说,"赶在这场雨落下之前回到布恩。"

他转过身,嘴里吹着"迪克西"①,向草地走去,就在他快要走到栅栏处时,莉莉突然说道,她有样东西可以用来交换马。

"什么东西?"沃恩问道。

莉莉把线团从膝头拿起,放在门廊的地面上,随后把完工一半的床单也放在了地上。她从椅子上起身,双手隔着棉布连衣裙抚摩臀部。莉莉走到门廊边上,松开辫子,一瀑金色的秀发落在脖颈和肩膀上。

"你明白我的意思。"莉莉说。

沃恩走上门廊,一言不发。莉莉明白,他是在仔细打量自己。她微微收腹,隐瞒自己的孕妇身份,不过如果他知道自己怀着小孩,也许兴致会更高。如今的年月里,男人会有那样的怪念头,莉莉想道。莉莉看着沃恩静静地权衡自己的选择,既然他现在可以轻而易举地同时占有她和役马,自然会做出那个他一定会做出的选择。

"你今年多大?"沃恩问道。

---

① 迪克西代表南方邦联,同时也是南方邦联非正式国歌《我希望成为迪克西》的简称。

"十九岁。"

"十九岁。"沃恩复述道,不过莉莉并不知道沃恩是否对她有兴趣。他又向西眺望祖父山,接着端详天空,再低头俯瞰溪谷,最后把视线转到道路上。

"好吧,"他最终说道,同时冲着前门点头示意,"你和我进屋吧。"

"不要在房内做,"莉莉说,"我的小儿子在里边。"

起初,莉莉觉得沃恩会坚持己见,可他并没有。

"那么在哪里?"

"地窖。里面有张床垫,我们可以躺在上面。"

沃恩抬起下巴,视线似乎盯在了莉莉和椅子后面的某样东西上。

"我估摸着,下次我们就知道该到哪儿搜寻你丈夫了,对吧?"见莉莉没有应声,沃恩露出了看上去几乎可说是友善的微笑。"前头领路。"他命令道。

沃恩跟着莉莉,绕过木屋,经过了蜂箱、劈柴用的木墩、战前使用过的旧地窖。他俩沿着一条难以发觉的小径,穿过一片杜鹃花丛,最终意外地抵达了山腹处。莉莉挪开尚有绿叶的杜鹃花枝(她每周都会更换),打开一扇方方正正的木门。入口仿若打哈欠般洞开,门铰链发出嘎吱的声响,地窖里潮湿的泥土味里混合着山茱萸的香味。靠着午后的日光,可以看见地上放了一排罐子,罐子里是蔬菜和蜂蜜,地窖中央有一张床垫和棉被。入口没有台阶,有三英尺高的落差。

"你认为我会愚蠢到头一个下去吗?"沃恩说。

"我先下。"莉莉答道,接着她在入口处坐下,先放下一只脚,直至脚碰到夯实过的泥土地。她扶着门框,轻轻地跳进地窖,蹲下来,不去想她也许正在踏进自己的坟墓。她坐在床垫上时,底下的玉米皮发出吱嘎的响声。

"我们可以在上面干那事,"沃恩从入口瞅着她,继续说,"这鬼地窖就像是个旧掩蔽坑。"

"我可不愿在泥地上干那事,弄脏自己的身子。"莉莉说。

莉莉以为沃恩会把步枪留在地窖外面,可沃恩双膝跪下,俯下身躯,左手握住一根横梁。趁着沃恩变换身姿进入地窖的时候,莉莉从衣服口袋里掏出毛线针,放在身后。

沃恩把步枪靠在土墙上,弯腰褪去外套,解开腰间的牛皮带。背光让他的脸庞显得昏暗,五官分辨不清,就像是剪影一般。随着沃恩走近,莉莉改坐到床垫的左侧,为沃恩留出地方。沃恩把衬衣拉到胸部,躺在床垫上,手指早已等不及地要松开裤子纽扣,莉莉从他的口气里闻到烟草味。他瘦骨嶙峋的肚子与脸庞、与褐色的衣服相比,显得白极了,在阳光下简直像泛着亮光。莉莉取了一根毛线针放在手上。她记起去年一月自己宰的那头肥猪，想起肝脏像个马鞍一样包在胃上面。她曾听人说过，猪的内脏和人的内脏没多大区别。

"要么脱下裙子，要么拉起来，"沃恩一边说，一边用手指解开最后一颗纽扣，"我没多余的工夫来浪费。"

"好吧。"莉莉一边说，一边拉起裙子，然后跪在沃恩身旁。

她伸手到后面，紧攥毛线针。当沃恩把手插进裤腰，准备褪下长裤时，莉莉突然举起右手，向前扑去，左手握住毛线针的顶端，那样钢针就不会从她的手指间滑掉。她使出最大的力气，狠狠插入。在钢针遇上脊椎骨而卡住的一瞬间，她又多使出一份劲，针头从骨头边擦过，顺势而入。莉莉触到沃恩肚子上光滑的皮肤，两只手掌按住毛线针的顶端。她自言自语，要是你能行，就把他钉到地上。当针尖刺入地窖夯实过的泥地时，沃恩胃里面的气体跑了出来。

沃恩的双手依旧抓着裤子，仿佛还未意识到发生了什么事。莉莉手脚并用，冲向门口，沃恩举起两条前胳膊，慢慢抬起头。他望着插入自己肉体的毛线针，露出的一端宛若一枚错放了位置的纽扣。他向着臀部的方向收起腿，可他似乎无法移动腰部，仿佛那根毛线针真的把他钉在了地面上。莉莉拿起步枪，放到地窖外面，接着爬出地窖，身后的沃恩不断低声呻吟。

莉莉从地窖上面观望着，想看看自己需不需要弄明白如何开步枪。大约一分钟后，沃恩嘴巴扭曲，牙关紧锁，像是狗在撕咬肉块。他借助前臂把自己往后推，直到能将脑袋和肩膀靠在一面泥墙上。莉莉听见他的喘息声，望见他的胸部在起伏。他转动眼珠，此刻正望着莉莉。莉莉不知道沃恩能否真的看见她。他的右手从地上抬起几英尺，手掌向上，同时手臂向着门口前伸，似乎想抓住从这个世界渗透进来的一丝光线。莉莉关上了地窖门，上好门闩，用杜鹃花枝叶重新盖住门口，然后走回了木屋。

宝宝已经睡醒了，正在号啕大哭。莉莉走到摇篮边，可在抱起儿子前，她先掀开被褥，拿起屠宰刀，将刀子放进了连衣裙的口袋里。她先给婴儿喂好奶，然后给自己做了一顿玉米面包配豆子的晚餐。莉莉一边吃，一边思忖着那个南方邦联的士兵有没有告诉布恩的某个人自己要去哪里。也许是说了吧，但也有可能他没有具体说是哪家的农场，因为他自己也不知道去哪个农场能有收获，只能一家家碰运气。莉莉告诉自己，想些别的事情，于是她又想起为即将出生的孩子起名的事。要起个女孩的名字，因为特里普利特大妈已经摸过莉莉的肚子，告诉她会是个女孩。莉莉把她考虑过的名字一个个大声念出来，又一次挑中了"玛丽"，因为这个名字会和儿子的名字很般配。

莉莉抹了餐桌，给宝宝换了尿布，将他放回摇篮，然后走到屋外，撒玉米粒喂鸡，接着穿过杜鹃花丛，又到了地窖。此时阳光又弱了一分，她从木门的板条缝隙里窥望时，只依稀辨认出沃恩的尸体靠在泥墙上。莉莉看了几分钟，不见尸体有任何动静，又侧耳倾听有没有呻吟声、叹气声，或是呼吸声。确认沃恩确实死了后，莉莉才慢慢打开门。她一次只开启几英寸，直至自己能清晰地望见尸体。沃恩的下巴倚靠着胸膛，两腿张开，毛线针依旧插在胃部，插入的深度与之前一样。沃恩的脸庞颜色此刻和肚子一样苍白，看上去像漂白过一样。莉莉又缓缓关上门，轻轻上好门闩，仿佛只要一有响动就可能吵醒沃恩，令他重回阳间。莉莉收集了一些杜鹃花枝叶，重新掩蔽好地窖入口。

莉莉和宝宝一起坐在门廊上，望着夜色降临溪谷。最后一只家燕低低地掠过草地，刚刚飞进谷仓，第一滴雨水就开始落下，一开始还是柔和细雨，很快就变得雨势逼人。莉莉躲进房内，拿起床单和纱线团。她点亮油灯，喂宝宝吃了一天里的最后一次奶，再把他抱回摇篮。烧晚饭生的火依旧在炉床上闷烧，给了屋内一丝暖意，以供抵御夜晚的寒气。平常晚上的这个时候，莉莉会再做一点儿女红活，但今晚她显然是做不了了，于是便从床垫下取出那份报纸，在餐桌旁坐下。她再次读起那篇说战争到夏季就会结束的文章，在读到几个不认识的单词时，她变得结结巴巴。当她念到"亚伯拉罕"这个词时，看了一眼摇篮。用不了多久，我就能在别人面前用这个名字来喊我的小宝贝了，莉莉思量道。

又读了一阵，莉莉再次藏好报纸，在床上躺下。雨势此时已经缓和下来，雨水噼里啪啦地打在屋顶的雪松木瓦片上。床边上的摇篮里，宝宝有节奏地呼吸着。雨下得很大，莉莉心里想着，等明天太阳光出现时她首先要种些什么。这场雨下得确实不是时候，可也有值得庆幸的地方。至少，土地不会像冬季时那样硬得像花岗岩。莉莉到明天中午就能把地里的活干完，尤其是在这样的一场大雨之后。然后休息一阵，再去做家里的家务活，兴许在晚饭之前，她还有时间种下一些西红柿和南瓜苗呢。

## 短经典精选系列

**走在蓝色的田野上**
〔爱尔兰〕克莱尔·吉根 著 马爱农 译

**爱,始于冬季**
〔英〕西蒙·范·布伊 著 刘文韵 译

**爱情半夜餐**
〔法〕米歇尔·图尼埃 著 姚梦颖 译

**隐秘的幸福**
〔巴西〕克拉丽丝·李斯佩克朵 著 闵雪飞 译

**雨后**
〔爱尔兰〕威廉·特雷弗 著 管舒宁 译

**闯入者**
〔日〕安部公房 著 伏怡琳 译

**星期天**
〔法〕伊莱娜·内米洛夫斯基 著 黄荭 译

**二十一个故事**
〔英〕格雷厄姆·格林 著 李晨 张颖 译

**我们飞**
〔瑞士〕彼得·施塔姆 著 苏晓琴 译

**时光匆匆老去**
〔意〕安东尼奥·塔布齐 著 沈萼梅 译

**不中用的狗**
〔德〕海因里希·伯尔 著 刁承俊 译

**俄罗斯套娃**
〔阿根廷〕比奥伊·卡萨雷斯 著 魏然 译

**避暑**
〔智利〕何塞·多诺索 著 赵德明 译

**四先生**
〔葡〕贡萨洛·曼努埃尔·塔瓦雷斯 著 金文彭 译

**房间里的阿尔及尔女人**
〔阿尔及利亚〕阿西娅·吉巴尔 著 黄旭颖 译

拳头
〔意〕彼得罗·格罗西 著 陈英 译

烧船
〔日〕宫本辉 著 信誉 译

吃鸟的女孩
〔阿根廷〕萨曼塔·施维伯林 著 姚云青 译

幻之光
〔日〕宫本辉 著 林青华 译

家庭纽带
〔巴西〕克拉丽丝·李斯佩克朵 著 闵雪飞 译

绕颈之物
〔尼日利亚〕奇玛曼达·恩戈兹·阿迪契 著 文敏 译

迷宫
〔俄罗斯〕柳德米拉·彼得鲁舍夫斯卡娅 著 路雪莹 译

奇山飘香
〔美〕罗伯特·奥伦·巴特勒 著 胡向华 译

大象
〔波兰〕斯瓦沃米尔·姆罗热克 著 茅银辉 易丽君 译

诗人继续沉默
〔以色列〕亚伯拉罕·耶霍舒亚 著 张洪凌 汪晓涛 译

狂野之夜：关于爱伦·坡、狄金森、马克·吐温、詹姆斯和海明威最后时日的故事（修订本）
〔美〕乔伊斯·卡罗尔·欧茨 著 樊维娜 译

父亲的眼泪
〔美〕约翰·厄普代克 著 陈新宇 译

回忆，扑克牌
〔日〕向田邦子 著 姚东敏 译

摸彩
〔美〕雪莉·杰克逊 著 孙仲旭 译

山区光棍
〔爱尔兰〕威廉·特雷弗 著 马爱农 译

格来利斯的遗产
〔爱尔兰〕威廉·特雷弗 著 杨凌峰 译

终场故事集
〔爱尔兰〕威廉·特雷弗 著 杨凌峰 译

令人反感的幸福
〔阿根廷〕吉列尔莫·马丁内斯 著 施杰 译

炽焰燃烧
〔美〕罗恩·拉什 著 姚人杰 译

美好的事物无法久存
〔美〕罗恩·拉什 著 周嘉宁 译

魔桶
〔美〕伯纳德·马拉默德 著 吕俊 译

当我们不再理解世界
〔智利〕本哈明·拉巴图特 著 施杰 译

海米的公牛
〔美〕拉尔夫·艾里森 著 张军 译

对不起，我在找陌生人
〔英〕缪丽尔·斯帕克 著 李静 译

爱因斯坦的怪兽
〔英〕马丁·艾米斯 著 肖一之 译

基顿小姐和其他野兽
〔安道尔〕特蕾莎·科隆 著 陈超慧 译

在陌生的花园里
〔瑞士〕彼得·施塔姆 著 陈巍 译

初恋总是诀恋
〔摩洛哥〕塔哈尔·本·杰伦 著 马宁 译

美好事物的忧伤
〔英〕西蒙·范·布伊 著 郭浩辰 译

一切破碎，一切成灰
〔美〕威尔斯·陶尔 著 陶立夏 译